D1672345

Frühling

Es regnete, als ich einzog.

Das Zimmer hatte eine hohe Leiste, die rings über die Wände führte; darauf standen Katzenfotos, alle schön gerahmt. Von der Wand links vom Eingang über die in der Mitte mit dem Fenster bis zur Hälfte der rechten, alles Fotos.

Es waren so viele, dass ich nicht einmal Lust bekam, sie zu zählen. Manche der Katzen, ob schwarzweiß oder in Farbe, schauten geflissentlich zur Seite, andere starrten mich an. Das ganze Zimmer wirkte so bedrückend wie ein Mausoleum, so dass ich auf der Schwelle stehen blieb.

»Der ist aber hübsch«, zupfte es von hinten an meinem Häkelschal, ich drehte mich um. Die kleine Oma hatte sich über die Maschen gebeugt und beäugte sie.

Ich zog an der Schnur der Deckenlampe, es klickte, dann breitete sich weißes Licht im Zimmer aus.

Die kleine Oma machte das Fenster auf; ich stellte mich neben sie und sah hinter dem Zaun des Gärtchens den Bahnsteig und dazwischen einen schmalen Weg. Es wehte ein schwacher Wind, Nieselregen strich mir übers Gesicht.

Eine Weile blieben wir schweigend am Fenster stehen. *Ding ding ding*, ertönte ein Signal, eine Durchsage begann.

»Die Bahn kommt«, sagte die Oma. Ihr Gesicht war

blass und die Falten darin so tief, dass ich ein paar Schritte zurückwich.

»Das hier ist dein Zimmer«, sagte sie und ging.

Ich erinnere mich noch, dass ich dachte: *Die macht's nicht mehr lang ... vielleicht nicht mal mehr ne Woche.*

Bei meiner Ankunft hatte ich mich nicht vorgestellt. Da ich mich so gut wie nie irgendwo vorstellte oder namentlich angesprochen wurde, war es mir peinlich gewesen, meinen Namen zu sagen.

Nachdem ich die kleine Station verlassen hatte, war ich betont langsam der Wegbeschreibung gefolgt, die mir meine Mutter mitgegeben hatte.

Wegen des Nieselregens waren meine Haare klitschnass und klebten mir im Gesicht. Selbst mit dem fest um den Hals geschlungenen Schal und der wollenen Winterstrickjacke war mir noch kalt. Obwohl wir schon Mitte April hatten, war es dieses Jahr noch keinen Tag warm gewesen. Ich stellte meine Reisetasche ab, um meinen Taschenschirm hervorzuholen, konnte ihn aber zwischen all den hineingestopften Kleidungsstücken und den Kosmetiktäschchen nicht finden. Beim Wühlen verteilten sich die Taschentuchpäckchen, von denen ich am Schluss noch so viele wie möglich in die Tasche gestopft hatte, auf dem Gehweg.

Die Wegbeschreibung meiner Mutter war so genau, als hätte sie den Stadtplan abgepaust. Darunter hatte sie in ihrer altmodischen, runden Schrift den ganzen Weg noch einmal erklärt: *Die Einkaufspassage am Nordausgang geradeaus gehen. An der Ecke mit dem Chiropraktiker links abbiegen.* Und so weiter, akribisch genau und sogar in ganzen Sätzen. Machte sie sich am Ende doch Sorgen um mich, fragte ich mich betreten. Ich war nun bald zwanzig, aber sie hielt das für ein naives Alter, ein Alter, in dem man unsicher und sentimental würde, sobald man auf sich alleine gestellt sei. *Pff,* lachte ich innerlich. Wahrscheinlich hatte sie, nachdem ich schlafen gegangen war, im halbdunklen Wohnzimmer gehockt, die Skizze hier gezeichnet und sich dabei gedacht, dass das Mutterliebe sei.

Mit dem Daumen strich ich über das aufgeweichte Japanpapier. Die Zeichen verschwammen. Dann fuhr ich ein paar Mal mit der ganzen Hand darüber, und alles wurde zu einem einzigen grauen Fleck.

Von meiner Mutter hatte ich mich morgens am Bahnhof in Shinjuku verabschiedet. »Halt dich«, hatte sie gesagt und mir über Kopf und Schulter gestrichen. Ohne zu wissen, wohin mit meinem Blick, hatte ich nur in einem fort »ja ja« gemurmelt und mich am Hintern gekratzt. Wir standen direkt an der Sperre und wurden deshalb in einer Tour angerempelt. Und böse angeguckt. Um woandershin zu gehen, wo wir niemandem im Weg stehen würden, hatte ich meine Mutter am Arm gefasst. Sie war vor Schreck stocksteif geworden. Ich hatte so getan, als hätte ich nichts bemerkt, und die elektronische Anzeigetafel über der Sperre fixiert. Um meine Mutter, die noch irgendetwas sagen wollte, abzuschütteln, hatte ich mit einem »dann mach's mal gut« die Hand gehoben, war im Laufschritt durch die Sperre gehastet, die Treppe hinuntergelaufen und in die Bahn gestiegen. Den Blick meiner Mutter hatte ich noch im Rücken gespürt, als die Bahn schon längst abgefahren war.

Auf dem Weg vom Bahnhof zu diesem Haus kamen mir drei ältere Damen entgegen. Sie waren wahrscheinlich auf dem Weg zum Einkaufen, jedenfalls trugen alle drei weite, weiße Blusen, darüber Jacketts mit Schulterpolstern, und marschierten im Gleichschritt nebeneinander her, obwohl sie deshalb halb auf der Straße gingen. Als sie an mir vorbeikamen, schlug mir ein Schwall Parfum entgegen. Der Geruch war nicht unangenehm, im Gegenteil: Der künstliche schwere, süße Duft weckte in mir Erinnerungen an früher. Und auf einmal wurde mir ganz einsam zumute. Immer, wenn ich an früher denke, überkommt mich ein Gefühl von Verlassenheit. Die leichten Slipper, die die Frauen trugen, ähnlich denen, in die man in der Schule oder am Arbeitsplatz wechselt, sahen unglaublich bequem aus. Als mein Blick sie streifte, entdeckte ich im Schuhladen dahinter eine ganze Reihe solcher Schuhe.

An der Ecke mit dem Chiropraktiker bog ich ab und ging durch einige schmale Gassen. Dort, wo es geradeaus nicht mehr weiterging, stand das Haus, das ich suchte. An dem Tor, von dem bereits die Farbe abgeblättert war, hing anstelle eines Briefkastens ein roter Korb. Obwohl das Ende des Bahnsteigs gleich hinter dem Haus lag, musste man den Umweg durch die Einkaufsstraße nehmen. Am Bahnsteig führte zwar ein Weg entlang, aber das Grundstück war eingezäunt und von dort nicht zugänglich.

Ein Türschild gab es nicht. Hinter dem Tor führte ein schmaler Weg in den Garten. Den halben Weg säumten größere und kleinere, nur mit Erde gefüllte Blumentöpfe. Auch an der Hauswand war, wie am Tor, hier und da die Farbe abgeblättert, so dass sie nunmehr gescheckt war, an manchen Stellen rot, an anderen schwarz. Neben dem Eingang war ein grauer Ausguss in den Boden eingelassen; darin stapelten sich ein paar Eimer. Gegenüber reckte sich eine Kamelie bis fast ans Dach des einstöckigen Hauses. Sie war von erstaunlicher Pracht. Ihre regennassen dunkelgrünen Blätter glänzten. Hier und da hatte sie riesige rosafarbene Blüten. *Blühen Kamelien immer um diese Zeit?*

Ich will hier nicht hin, dachte ich. Aber als ich es versuchsweise aussprach, kam es mir plötzlich falsch vor. Ich hatte das Gefühl, dass es genauso wenig stimmte wie das Gegenteil. Und überhaupt: Ob ich hier hin wollte oder nicht, war eigentlich völlig egal. Ich war hier, weil man mich hierhin geschickt hatte. Aber wenn ich dafür in Tokyo leben konnte, sollte mir alles recht sein.

Nachdem die Oma mich in das Zimmer geführt hatte, brachte sie Tee, half mir beim Auspacken der Kartons, die vor mir angekommen waren, setzte die Waschmaschine in Gang, machte Essen und ließ Badewasser ein. Beim Auspacken unterhielten wir uns über belangloses Zeug, das

Wetter, wie sicher die Gegend sei und so weiter. Ich gab mir keine Mühe, das Gespräch zu beleben. Ich sah ihr zu, wie sie meine Kleider aus den Kartons nahm, sie ausbreitete und neu faltete, und dachte beschämt, dass ich mich eigentlich um *sie* kümmern müsste, nicht umgekehrt.

Wir wurden zusehends einsilbiger, und als ein diffuses Unbehagen um sich zu greifen begann, verließ sie das Zimmer. Ich atmete einmal tief ein und zur Decke hin wieder aus. Anschließend blieb ich so lange im Zimmer, bis ich zum Essen gerufen wurde.

Das Abendessen war schlicht und die Portionen klein.

»Willst du noch Reis?«

»Ja, sehr gerne, danke schön.«

Ich reichte ihr meine Schale, die mit einem Berg Reis wieder zurückkam.

»Du bist ein guter Esser, das ist gut.«

»Äh, ja«, sagte ich, nahm die Schale entgegen und aß. Ein bisschen mehr Beilage hätte es allerdings auch sein dürfen.

»Ich bin auch ein guter Esser«, sagte sie und häufte sich ebenfalls einen Berg Reis in die Schale.

»Äh, ja«, murmelte ich, das eingelegte Gemüse kauend.

»Soll ich den Fernseher anmachen?«

Ich starrte auf die faltige Hand, mit der sie die Fernbedienung betätigte, unfähig, den Blick abzuwenden.

Die Oma zappte durch die Kanäle, bis sie zu einer Baseballübertragung kam, einem Flutlichtspiel.

»Heute kommt wohl nichts«, sagte sie und aß weiter, ohne überhaupt hinzusehen. *Ob im Alter Hören mehr Spaß macht als Sehen?*

Sie aß leise, ohne zu schmatzen. Ich hatte zwar keine Ahnung, wie alte Leute leben, hatte mir aber vorgenommen, mich von keinem wie auch immer gearteten Generationsunterschied aus der Fassung bringen zu lassen. Wider Erwarten war aber alles ganz normal. Zum Nachtisch gab es Kaffeegelee, das sie offenbar selbst gemacht hatte. Mit geübter Hand ließ sie eine Spirale Kaffeesahne darüberlaufen.

Nach dem Essen blieb ich am *kotatsu*-Heiztisch sitzen, der allerdings ausgeschaltet war, starrte geistesabwesend auf den Fernseher oder las in dem Buch, das ich mitgebracht hatte. *Worüber unterhielt man sich am besten am ersten Abend?* Den Blick im Buch las ich wieder und wieder denselben Abschnitt.

Dass ich von nun an mit dieser Frau zusammenwohnen würde, erschien mir ganz unwirklich. Ich war aus freien Stücken hier, fühlte mich aber so unbehaglich wie ein Kind, das man bis zum Abendessen in die Obhut einer Nachbarin gegeben hat.

Der Sportberichterstatter im Fernsehen gab einen aufgeregten Kommentar von sich.

»Magst du Baseball, Chizu?«

Ich zuckte zusammen. Bei meinem Vornamen hatte mich schon lange keiner mehr genannt; ich wurde nervös. Eine unangenehme Ahnung beschlich mich.

»Ich kenn mich so gut wie gar nicht damit aus.«

»Ach so?!«

Peinlich berührt schwieg ich.

»Ich dachte, es interessiert dich vielleicht«, sagte sie und schaltete den Fernseher kurzerhand wieder aus. Dann zog sie Wolle und Stricknadeln aus ihrer Kittelschürze und begann, an etwas Rundem weiterzustricken.

Auf einem Kuchenteller lag ein Berg Minisalami. Eigentlich war ich ja schon satt, aber da ich dieses Schweigen und die Langeweile nicht mehr aushielt, griff ich zu. Das salzige Aroma füllte meinen Mund. Als eine Katze näher kam und miaute, spuckte die Oma die Salami, die sie sich eben in den Mund gesteckt hatte, auf die Hand und hielt sie der Katze hin.

»Tut mir leid, dass du mit so einer Oma wie mir vorlieb nehmen musst«, sagte sie plötzlich. »Ich heiße Ginko Ogino.«

Damit das Gespräch nicht versiegte, reagierte ich prompt. »Ich heiße Chizu Mita. Danke, dass ich hier wohnen darf.«

»Macht es dir was aus, wenn ich zuerst ins Bad gehe?«

»Wie?«

»Ich gehe gerne als Erste ins Bad.«

»Ach so, nein, nein, kein Problem.«

»Gut, dann geh ich mal.«

Sobald sie weg war, fläzte ich mich hin. Vielleicht ist sie ja gar nicht so steif, dachte ich, und spürte, wie mir bei diesem Gedanken ein wenig leichter zumute wurde. Es würde die Sache vereinfachen, wenn sie mich nicht wie einen Gast, sondern wie eine im Haus lebende Tochter behandelte. Das unbestimmte Lächeln, das ich ihr gegenüber aufgesetzt hatte, klebte mir noch immer im Gesicht. Ich kniff mir mit beiden Händen in die Wangen. Die braune Katze, die vorher die Salami bekommen hatte, beäugte mich misstrauisch aus der Ecke.

Kaum hörte ich im Bad das Wasser plätschern, ging ich, angefangen in der Küche, erst einmal an alle Schubladen, die ich entdeckte. Alle waren höchstens halb gefüllt, keine war voll. In der Schublade unter dem Spülbecken beispielsweise lagen nur zwei Paar Kochstäbchen. Im Stauraum unter dem Fußboden fand ich drei Flaschen Pflaumenwein, offenbar selbstgemacht. Auf den roten Deckeln stand mit Filzstift geschrieben: 21. Juni 1995.

Da ich schon einmal unterwegs war, ging ich gleich noch in das Zimmer der Oma, das meinem direkt gegenüber lag. Neben den braunkarierten Gardinen hingen verblichene Papierkraniche. Sie schienen aus einem Werbeprospekt oder ähnlichem gefaltet worden zu sein. Ich stupste sie an, es staubte. Den kleinen Hausaltar, der daneben stand, ließ ich geflissentlich links liegen.

Auf einer kleinen Kommode stand eine Vitrine, vollgestellt mit Miniatur-Oldtimern, einem kleinen Tokyo-Tower, dem Modell irgendeiner Burg und so weiter, und dahinter einer russischen Puppe. Eine von denen, die man schachteln kann; wie die hießen, wusste ich nicht mehr. So eine hatte mir ein Onkel zu Zeiten der Sowjetunion einmal von einer Dienstreise mitgebracht, daher kannte ich sie.

So sieht also das Leben eines alten Menschen aus, sah ich mich, die Arme vor der Brust verschränkt, um, als ich hörte, wie die Badezimmertür aufgeschoben wurde. Ich machte die Vitrine auf, griff mir das Erstbeste, was mir zwischen die Finger kam, einen hölzernen Clown, und verschwand damit in mein Zimmer. Als ich dann am Fenster auf die nächste Bahn wartete und den Clown dabei hin- und herschlenkerte, fiel ihm gleich der Kopf ab.

Ich ließ mich auf die hellen, grasgrünen Tatami sinken, presste die Nase darauf und sog ihren Duft ein. Neben mir lag bereits ein blitzsauberer Futon.

Ich drehte mich auf den Rücken und betrachtete der Reihe nach die Katzenfotos auf der Leiste. Zum Spaß gab ich den Katzen Namen: Schildpatt. Fleckchen. Blacky. Schecki. Braunohr. Rotschnauz, Piepmatz. Ich kam auf dreiundzwanzig. Was waren das für Katzen? Als die Oma mir das Zimmer gezeigt hatte und auch beim Abendessen hatte ich mich irgendwie nicht getraut, danach zu fragen.

Ich schloss die Augen und dachte an die kommenden Tage.

»Ich wohn jetzt bei der Oma.«

»Aha«, erwiderte Yohei, ohne den Blick vom Bildschirm zu nehmen. Er spielte eine Partie Mah-Jongg. In unregelmäßigen Abständen gab er irgendwelche Laute von sich, fluchte oder stöhnte.

Seit ich vor zwei Wochen bei Ginko eingezogen war, hatten wir uns kein einziges Mal gesehen, aber Yohei hatte mich mit einem Gesicht begrüßt, als wollte er sagen, *du schon wieder!* Da ich von Ginkos Haus aus mit zweimal Umsteigen ungefähr anderthalb Stunden brauchte, war mir der Weg lästig geworden. Jetzt hatte ich mich aber einmal überwunden und die Mühe auf mich genommen; das hätte er schon anerkennen können.

»Warum kann ich nicht bei dir wohnen?«

Er reagierte nicht, selbst wenn ich ihn in den Rücken kniff, ihm durch die Haare fuhr oder am Ohr leckte.

»Nerv ich dich?«

»Was?«

Offenbar fand er mich supernervig. Er sah mich nicht einmal an.

»Schon gut. Ich geh wieder. Die Oma wartet nämlich auf mich!« Ich griff nach meiner Tasche und knallte die Tür hinter mir zu. Selbst da rührte er sich nicht. Das Handy in der Hand, wartete ich eine Weile, rannte dann aber zum Bahnhof, als ergriffe ich die Flucht vor der Kälte des Frühlingswinds oder dem Gefühl einer Niederlage.

In der Allee vor dem Bahnhof segelten mir weiße Kirschblüten entgegen, was mich vollends deprimierte. Auf so eine unentschiedene Jahreszeit wie den Frühling konnte ich gut verzichten. Auch bei heiterem Wetter war es immer kühl, und diese falschen Versprechungen nervten mich. Meinetwegen könnte es nach dem Winter sofort Sommer werden. Wenn ich hörte, wie jemand vorschlug, sich die Kirschblüte anzuschauen, oder sagte, wie gut doch das Frühlingsgemüse oder der Raps oder die Lauchzwiebeln schmeckten, könnte ich schreien. *Lasst euch doch nicht so einwickeln! Mich jedenfalls beeindruckt das nicht*, plusterte ich mich sinnlos auf.

Wegen des Mittels, das ich gegen meinen Heuschnupfen nahm, war meine Kehle, obwohl ich dauernd schluckte, immer wie ausgetrocknet, was meine Laune noch weiter in den Keller trieb. Wenn ich die Nase hochzog, schmeckte es nach Blut.

Mit Yohei war ich nun zweieinhalb Jahre zusammen, aber wir gingen nie aus, und im letzten Jahr hatten wir uns nicht einmal etwas zum Geburtstag geschenkt. Meistens saßen wir in seinem Zimmer, wo wir uns weder richtig unterhielten noch so stritten, dass die Fetzen flogen. Zu sagen, wir seien füreinander wie die Luft zum Atmen, klänge zwar gut, aber bei uns war es, ganz im Gegensatz zur Luft, völlig egal, ob der andere da war oder nicht. Einen Grund, uns zu trennen, hatten wir zwar nicht, wir hätten auch gar nicht gewusst, wie man das macht, spürten aber, dass das Ende nahte. Und wenn es ohnehin zu Ende ging, musste man die Sache ja nicht unbedingt beschleunigen.

Yohei war in der Oberschule eine Klasse über mir gewesen. Jetzt studierte er anscheinend Systemtechnik. Allerdings war er kein besonders fleißiger Student; die meiste Zeit saß er in seinem Zimmer und spielte. Ich sah ihm dabei zu, las oder träumte vor mich hin. Wenn er in seinem Spiel den nächsten Level erreichte, hatten wir Sex. Yohei war nicht besonders raffiniert, aber frisch und ausdauernd.

Bei einem von drei Malen verweigerte ich mich.

Als ich nach Hause kam, saß Ginko am Kotatsu und stickte. Der Kotatsu-Überwurf in diesem Haus war ungewöhnlich dick. Er bestand aus einer beigefarbenen Wolldecke mit Noppen, einer braunen Wolldecke darüber und einem roten Federbett obenauf.

»Ich bin wieder da.«

»Ah, hallo«, sagte Ginko, nachdem sie ihre Lesebrille, die ihr bis auf die Nase heruntergerutscht war, wieder hochgeschoben hatte. Um die erbärmliche Konversation mit Yohei zu verdrängen, lachte ich freundlich und hängte meine Jacke auf einen Bügel an die Wand.

»Willst du ein Stück *yokan*?«

»Ja, sehr gern.«

»Na dann«, gab sich Ginko einen Ruck und stand auf. Nachdem sie den Teekessel auf den Herd gestellt hatte, blieb sie, die linke Hand auf der Rückenlehne des Stuhls, die rechte in die Hüfte gestemmt, still stehen. Ich stellte mich neben sie und sah durch das kleine Fenster über der Spüle auf den jenseitigen Pfad, ohne wirklich etwas zu sehen. Der Ausblick war so unspektakulär, dass ich mich unwillkürlich entspannte. »Alles nicht so einfach«, seufzte ich.

»Wie?«

Da ich keine Lust hatte, mich zu erklären, lachte ich nur unbestimmt. Ginko kicherte auch.

Auf dem Küchentisch lag ein angebrochener Block Bohnengelee, er ragte zur Hälfte aus dem Zellophanpapier.

»Soll ich den Yokan schneiden?«

»In der Küche / kocht das Wasser / einsam und verlassen.«

»Wie bitte?«

»Gut, oder?«

»Was soll das sein?«

»Das ist das Haiku, mit dem meine Nichte in der Mittel-
stufe den dritten Preis gewonnen hat.«

»In der Küche …«

»In der Küche / kocht das Wasser / einsam und verlassen.«

»In der Küche / kocht das Wasser / einsam und verlassen.
Hm, klingt irgendwie traurig …«

Ich schnitt den Yokan mit einem Obstmesser in dünne,
gleichmäßige Scheiben, so wie Fischwurst. Dabei wurde
mir seltsamerweise ganz leicht ums Herz. *Ach, wie schön
wäre es, wenn man alles so erledigen könnte. Ruhig, sauber
und ohne Komplikationen*, dachte ich.

Ginko hatte sich nicht gerührt.

Sie war klein, dünn und trug ihr schulterlanges, wei-
ches und gewelltes weißes Haar, das sie offenbar einfach
hatte wachsen lassen, offen.

Sie hatte eine dicke, ockerfarbene Kittelschürze an und
hielt sich immer kerzengerade. Ein Mensch wie ein sorgfältig geformtes Reisdreieck. In der Bauchtasche ihres Kit-
tels steckten ein Paar Stricknadeln und mausgraue Wolle,
manchmal auch die kleine braune Katze. Die hieß, wie sie
aussah: Braun. Daneben gab es noch eine schwarzweiße
Katze namens Schwarzweiß. Die beiden waren aber nicht
verschwistert oder so.

Nach dem Tee nahm Ginko ihre Stickarbeit wieder auf.

Sie schien es sich zur Gewohnheit gemacht zu haben, tagsüber zu sticken und abends zu stricken. Bei genauerem Hinsehen erkannte ich einen Pantoffel.

»Ist das ein Pantoffel?«

»Ja. Du hast mir doch neulich erzählt, dass du dieses Häschen magst.«

Jetzt, wo sie es sagte, meinte ich mich tatsächlich zu erinnern, vor kurzem beim Abendessen davon gesprochen zu haben. Offenbar hatte sie in einem Bekleidungsgeschäft in der Nähe direkt ein Paar Miffy-Pantoffeln gekauft, auf die sie jetzt extra, neben das Original, ein jeweils zweites Häschen stickte.

»Ein Pärchen.«

»Was?«

»Ein Miffy-Pärchen.«

»Ja ...«

Sie zeigte mir den rechten, fertigen Pantoffel. Ginkos Miffy war dünner als das echte, die Augen und der Mund waren kleiner, außerdem sah es unglücklich aus.

»Sind das eigentlich alles Ihre Katzen?« fragte ich kurzentschlossen.

»Katzen? Welche Katzen?«

»Die in meinem Zimmer. Auf den Fotos.«

»Ach die ... du meinst die im *Cherokee*-Zimmer.«

»Wie?«

»Die Fotos, die da stehen, sind alle von *Cherokee*.«

»Ach. *Cherokee* bedeutet tote Katzen?«

»Nein, also, nun ja ...«

»…«

»Ich vergesse Namen, weißt du.«

»Sie vergessen … Namen? Oh …«

»Ja, traurig, nicht. Nur die erste, die hieß Cherokee, das vergesse ich nicht. Die hat meine Nichte eines Tages aufgelesen.«

Hahaha, versuchte ich das mit einem Lachen abzutun, doch im Innern war ich aufgewühlt. Mir war, als hätte ich etwas Dunkles berührt.

Ich hatte angenommen, dass alte Menschen Frühaufsteher sind, aber das schien nicht unbedingt zu stimmen. Es gab Tage, an denen Ginko später aufstand als ich. Dann machte ich mir zum Frühstück kein Omelette oder Suppe, etwas, wozu ich die Küche hätte benutzen müssen, sondern begnügte mich mit dem, was gerade da war, einem Brötchen oder schwarzem Tee. Für Ginko bereitete ich nichts vor. Wenn sie vor mir aufstand, machte sie allerdings auch immer etwas für mich mit. Ich wärmte es mir dann nur noch selber auf. Die Beilagen, die sie zubereitete, deckte sie nicht mit Frischhaltefolie ab, sondern meistens nur mit einem Teller, den sie gerade zur Hand hatte. Alles, was sie kochte, war vom Geschmack her lascher als bei meiner Mutter. Für die Miso-Suppe kochte sie anscheinend immer kleine getrocknete Sardellen aus.

Gekümmert hatte sie sich nur am allerersten Abend, inzwischen war ich mir fast ständig selbst überlassen. Es kam vor, dass das schmutzige Geschirr zwei oder drei Tage stehenblieb, auch das Staubsaugen schien ihr lästig zu sein, überall lagen Katzenhaare herum. Eine Zeitlang tat ich so, als sähe ich das nicht, doch neulich putzte ich kurzentschlossen das ganze Haus. Großen Dank erntete ich dafür nicht. Das fand ich zwar ein bisschen frustrierend, hakte es dann aber einfach ab. Wenn ich mir jetzt auch noch ihr mangelndes Interesse zu Herzen nähme, würde ich nur noch deprimierter.

Auch die Gartenpflege betrieb sie nicht besonders eifrig. Löwenzahn oder Berufkraut sind ja noch ganz süß, aber in den Ecken des Gartens spross immer mehr undefinierbares Unkraut. Im Sommer würde hier das Chaos herrschen. Gleichzeitig sah ich vor meinem inneren Auge, wie es Winter wurde und verblichenes braunes Unkraut alles überwucherte. Hinten im Garten stand ein Duftblütenbaum. An dem hatte Ginko das Ende ihrer Wäschestange befestigt.

Wenn man im Haus war, hörte man pausenlos das Rattern der Bahnen und die Durchsagen. Jedes Mal, wenn ein Schnell- oder Expresszug durchfuhr, klirrten die Fensterscheiben, doch daran hatte ich mich bereits gewöhnt. In einem Haus, in dem eine keiner festen Beschäftigung nachgehende junge und eine alte Frau zusammen wohnten, war ein gewisser Lärmpegel gar nicht so schlecht.

Morgens beim Zähneputzen stand ich immer auf der schmalen Veranda, eine Hand in die Hüfte gestemmt, und sah den Zügen hinterher. Hin und wieder begegnete mein Blick zwar dem eines Fahrgastes, aber ich musste ihn nur scharf ansehen, dann sah er gleich wieder weg.

Das, was man von Ginkos Haus aus sehen konnte, war der letzte Wagen der Bahnen Richtung Shinjuku. An dieser Station gab es nur eine Sperre, und die lag genau am anderen Ende des Bahnsteigs, so dass praktisch niemand auf unsere Seite kam, um auf den Zug zu warten. Der Pfad zwischen Zaun und Bahnsteig endete bei uns, und wenn sich hin und wieder doch jemand, der den Weg nicht kannte, hierhin verirrte, sah er sich verwundert um und ging den Weg, den er gekommen war, wieder zurück.

Vor meinem Einzug hier hatte ich bei meiner Mutter gelebt. Meine Eltern hatten sich scheiden lassen, als ich fünf war, danach wohnte ich mit meiner Mutter zusammen. Da ich ohne Vater aufwuchs, badete ich hin und wieder in Selbstmitleid. Eine Zeitlang trieb ich mich auch herum, wusste aber bald schon nicht mehr weiter und ließ es schließlich sein. Meinen Eltern die Schuld für meine schlechte Laune in die Schuhe zu schieben, hätte alles nur verkompliziert, und so ging meine Pubertät zu Ende, ohne dass sich irgendetwas geklärt hätte.

Meinen Vater, der wegen seiner Arbeit nach Fukuoka umgezogen war, hatte ich fast zwei Jahre nicht mehr gesehen. Wenn er Anstalten machen würde, mich zu treffen, würde ich nicht nein sagen, hatte ich mir vorgenommen, aber ihn von mir aus zu besuchen lag mir fern.

Meine Mutter unterrichtete an einer privaten Oberschule Japanisch. Der Entschluss, demnächst nach China zu gehen, hing auch damit zusammen. Es sollte wohl so eine Art Lehreraustausch sein.

Dass meine Mutter nach China gehen würde, war seit Ende letzten Jahres im Gespräch. Auch ich, die ich mit der Schule fertig war und hier und da jobbte, bekam eine Einladung.

»Willst du mit?«, fragte sie mich und biss von der Tafel Schokolade, die sie nicht einmal ordentlich aus dem Stanniolpapier gewickelt hatte, ein Stück ab.

»Nein, danke.«

»Komm doch mit!«

»Ich will aber nicht.«

»Was willst du denn alleine machen?«

»Nach Tokyo gehen. Arbeit suchen.«

Ich hatte es kaum gesagt, da war es mir auch schon peinlich; aus der Thermoskanne goss ich mir heißes Wasser in einen leeren Becher.

»Man nimmt doch erst den Kaffee«, sagte meine Mutter, reichte mir das Glas mit dem Instantkaffee und fuhr fort: »Tokyo ist auch nicht viel anders als Saitama.«

»Oh doch.«

»Du könntest doch von hier aus pendeln.«

»Und hin und zurück jeweils zwei Stunden im Zug sitzen? Auf keinen Fall!«

»Warum denn jetzt Tokyo, so plötzlich?«

»Kann dir doch egal sein.«

»Tokyo ist nichts für solche Landeier wie dich. Das macht dich nur fertig. Außerdem ist es teuer.«

»Du hast doch eben selbst gesagt, dass es kein großer Unterschied ist. Aber egal, ich geh jedenfalls. Ob du nach China fährst oder nicht, ich wollte dieses Jahr sowieso ausziehen. Außerdem bin ich volljährig. Und nicht mehr in einem Alter, in dem du mir noch was zu sagen hättest«, sagte ich in einem Atemzug und sah meiner Mutter gerade ins Gesicht.

Sie hielt einen Moment inne, dann sagte sie: »Du bist vielleicht naiv.«

Darauf wusste ich nichts zu entgegnen. Meine Mutter biss wie triumphierend in ihre Schokolade; es krachte. Ich setzte eine unbeteiligte Miene auf und fummelte an meinem Ohr.

»Also, wenn du wirklich hierbleiben willst, musst du entweder selbst für dich sorgen oder an die Uni gehen. Ich kann dir nur so gut helfen, wie's geht.«

»Was? Wieso denn Uni ...?«

»Das ist die Bedingung. Wenn du an die Uni gehst, unterstütz ich dich.«

Da ich keine Lust zum Studieren hatte, erklärte ich kurzerhand: »Gut, dann verdien ich mir mein Geld eben selbst.« Meine Mutter gab zwar noch eine Weile dies und das zu bedenken, aber weil ich nichts mehr sagte, lenkte sie irgendwann ein: »Wenn du unbedingt willst, ich halte dich nicht auf.« Am Ende sagte sie mit einem Gesicht wie ein Makler am Bahnhof, dass es jemanden gäbe, der in der Stadt ein Haus hätte, und dass sie mir den auf jeden Fall vorstellen würde. War das Mutterliebe oder diskrete Kontrolle? *Komisch*, dachte ich und schlürfte meinen lauwarmen Kaffee.

»Ich hab diese Tante auch nur ein paarmal getroffen, als ich jung war, aber unter den Verwandten ist sie so was wie eine kleine Berühmtheit, und alle Mädchen, die nach Tokyo gehen, wohnen zuerst bei ihr.«

»Aah! Eine Tokyo-Mutti, oder wie?«

»Für die Eltern ist es auch nicht so einfach, schließlich entlassen sie ihre Kinder plötzlich in eine Riesenstadt. Außerdem kostet es was. Und die Tante ist nett und unaufdringlich, wobei, jetzt ist sie wahrscheinlich eine Oma.«

»Lebt sie allein?«

»Ja. Sie hat ihren Mann verloren, als sie noch jung war, heißt es.«

»Und du hast nicht bei ihr gewohnt?«

»Naja … Ich sollte, als ich erst ankam, deshalb habe ich sie besucht, aber mir stank's da zu sehr nach Katze, weißt du, und so bin ich im Haus deines Vaters gelandet.«

»Da stinkt's nach Katze?«

»Sie schien sich damals regelrecht auf mich gefreut zu haben … Sie fühlt sich bestimmt einsam, so allein, da wär es doch gerade gut. Ich melde mich einfach mal bei ihr.«

»Spinnst du? Du kannst die doch nicht so überfallen.«

»Wieso? Fragen kostet nichts. Außerdem sind wir verwandt. An Neujahr hab ich ihr auch immer geschrieben. Voriges Jahr hab ich sogar Reiscracker geschickt. Erinnerst du dich nicht? Der Onkel aus Nagoya hatte uns doch tonnenweise diese Tintenfischcracker geschickt, da haben wir was abgegeben, der Tante, meine ich.«

Meine Mutter stand auf, um nach ihrem Adressbuch zu suchen. Als ich mir die Zeitung angelte, die in ihrer Reichweite gelegen hatte, um einen Blick auf das Fernsehprogramm zu werfen, verteilten sich ihre Schokoladenkrümel auf dem Tisch. Ich fegte sie flott auf den Stuhl, auf dem meine Mutter gesessen hatte.

Als ich am nächsten Tag nach der Arbeit die Nachrichten auf meinem Handy durchsah, war eine von meiner Mutter dabei. »Die Tante hat gesagt, du kannst bei ihr wohnen«, stand darin. »Okay, ich wohn bei ihr«, schrieb ich zurück. Ich hatte gehört, dass man, um in Tokyo eine Wohnung zu mieten, mehrere Hunderttausend Yen brauchte, und außerdem kämen bestimmt lästige Formalitäten auf mich zu, dachte ich, mit dem Vermieter, wegen Gas, wegen Wasser und so weiter. Meine Mutter wiederum wollte sich wahrscheinlich ihrer schon halbvergessenen Schuldgefühle entledigen, indem sie ihr nicht eingelöstes Wohnversprechen nun auf mich übertrug.

Die Tante, um die es ging, war die Frau des jüngeren Bruders meiner Großmutter mütterlicherseits und angeblich schon über siebzig. In welchem Verwandtschaftsverhältnis sie nun zu mir stand, wusste ich nicht.

Da meine Mutter sie immer nur Tante nannte, erfuhr ich erst viel später, dass sie Ginko hieß.

»Du gehst an die Uni?«

Ich zuckte zusammen. Ginko, eine Hand am Bügel ihrer Lesebrille, las einen Brief. Durchs Papier schien die nachdrückliche, runde Schrift meiner Mutter.

Es war ihr erster Luftpostbrief nach nunmehr einem Monat. Ich hatte ihn auf dem Rückweg vom Rathaus, wo ich gewesen war, um mich umzumelden, zusammen mit der Werbung von Pizza-Hut und dem SUNAGAYASUKO-VERWALTUNGSBERICHT, mit denen er im roten Korb am Tor gelegen hatte, hereingebracht.

»Schreibt deine Mutter jedenfalls.«

»Aha …«

»Du willst studieren?«

»Nein.«

»Nicht …?«

»Nein, ich will *nicht* studieren.«

Die Seiten an mich lagen unbeachtet auf einer Ecke des niedrigen Tisches. Unser Gespräch schien in den Bildschirm des Fernsehers gesogen zu werden. Dort wurde soeben ein neues, billiges Sushi-Lokal am Fischmarkt in Tsukiji vorgestellt. Sowohl Ginko als auch ich hatten unwillkürlich schon ein paarmal hingeschaut.

»Mhm, Sushi, die würde ich ja gerne mal wieder essen … Mögen Sie Sushi, Ginko?«

»Hm … hab schon lange keine mehr gegessen.«

»Wollen wir da morgen nicht mal hin?«

»Morgen?«

»Die machen angeblich um sieben Uhr morgens auf.«

»Das ist aber früh …«

»Zu viel Aufwand?«

»Naja, nicht unbedingt …«

»… aber doch ein bisschen früh?«

»Das nicht«, widersprach sie, einen Sojasaucencracker noch im Mund, sah aber nicht so aus, als ob sie Lust hätte, hinzugehen. Ich sah sie an und wartete auf den Rest des Satzes, aber das Gespräch schien für sie zu Ende zu sein.

Mit dem Schweigen, das entstand, wenn wir zusammen waren, konnte ich einfach nicht umgehen. Wenn es zu lang wurde, fühlte ich mich irgendwie schuldig. Wenn ich es, nachdem wir beim Abendessen ein paar Worte gewechselt hatten, nicht mehr aushielt, stand ich schweigend auf, starrte wie gebannt auf den Fernseher oder machte mich lang und gab vor zu schlafen.

»Ich geh dann mal zur Arbeit«, stand ich betont munter auf und fing an, mich fertigzumachen.

Einen Tag, nachdem ich hier eingezogen war, hatte ich mich bei einer Hostess-Agentur registrieren lassen und mich in die Arbeit gestürzt. Dass es mir zu lästig wurde, zu Yohei zu fahren, schob ich der Einfachheit halber auch erst einmal auf die Arbeit. Ich hatte ihn schon wieder etwa zwei Wochen lang nicht gesehen, besonders einsam fühlte ich mich deswegen aber nicht.

Bei der Agentur bekam ich für zwei Stunden Arbeit achttausend Yen. Dafür musste ich bei Festbanketten Sake einschenken, Salat verteilen und mit älteren Herren Duette singen. Je mehr ich verdiente, desto besser. Ob ich bis zum nächsten Frühling wohl eine Million zusammenbekäme? Mir die schiere Zahl vorzustellen, die in meinem Sparbuch stehen würde, machte mir mehr Spaß, als an Yohei zu denken, ich musste mir das Grinsen regelrecht verkneifen.

Das heutige Fest begann um sieben. Das hieß, wir mussten uns bis halb sechs im Büro in Chofu einfinden, uns umziehen und schminken, absprechen und den Saal vorbereiten. Ginko gegenüber hatte ich nichts von einer Arbeit als Hostess gesagt. In der Annahme, dass eine Oma wie sie solche Fremdwörter nicht verstünde, hatte ich es bei der Erklärung *so was wie Tellerspülen bei Festen* belassen. Wenn ich ihr in vereinfachter Form die Wahrheit gesagt hätte, hätte sie bestimmt gedacht, der Job sei anrüchig. Da ich keine Lust hatte, mich zu rechtfertigen und ohnehin ausziehen wollte, sobald ich genug Geld beisammen hatte, wollte ich die Zeit möglichst stressfrei und froh verleben.

Die Katzen wollten sich nicht an mich gewöhnen.

Schwarzweiß war ein schwarz gestreifter Mischling, sein Fell glänzte wie Schlangenhaut. Mit seinen gelben Augen und dem prächtigen Schwanz verströmte er ein Flair von Wildnis. Ab und zu fing er eine Maus und folterte sie vor unseren Augen zu Tode. *Hör auf damit*, sagte Ginko, und wedelte mit der Hand, wie um ihn zu verscheuchen. Bevor die Maus, derer er überdrüssig geworden war, ewig tot auf den Tatami liegenblieb, vergrub ich sie vor dem Abendessen in einer Ecke im Garten. Lust hatte ich dazu eigentlich nicht, deshalb tat ich auch erst so, als hätte ich nichts bemerkt, aber schließlich war dann doch ich diejenige, die sich aufraffte. Wenn ich Ginko mit einem *Hier liegt eine tote Maus!* von der Seite her scharf ansah, hatte ich aus unerfindlichen Gründen das Gefühl, gewonnen zu haben. Wer das wohl bisher erledigt hatte? Da Katzen schließlich nicht selbst hinter sich aufräumen, musste Ginko es wohl gemacht haben. Eine Maus zu begraben machte mir nichts aus, aber in dem Moment, in dem ich den von braunem Blut verschmierten Körper in ein Taschentuch wickelte, kriegte ich schlagartig Gänsehaut auf den Armen. *Ob man mit zunehmendem Alter abgebrühter wurde?*

Braun, die andere Katze, hatte hellbraunes flauschiges Fell, um den Hals trug sie ein kleines Glöckchen. Weil sie noch klein war, steckte Ginko sie, wenn ihr der Sinn danach stand, in ihre Kitteltasche. *Die Katze findet das wohl nicht so prima*, dachte ich, wenn ich das leise Miauen aus der Schürze hörte, aber Ginko darauf hinzuweisen, war mir zu blöd, also beschränkte ich mich darauf, das Tier aus der Distanz zu bemitleiden.

Auch diese Katzen würden schlussendlich mein Zimmer schmücken und zwischen all den anderen Cherokees begraben werden.

Nach etwas mehr als einem Monat des Zusammenlebens kam mir der Gedanke, dass es der Oma womöglich ein bisschen an Empathie mangelte. An wie viele der Töchter aus Kanazawa, die sie bei sich aufgenommen hatte, erinnerte sie sich wohl noch? Den Gedanken, dass auch ich als eine von ihnen in Vergessenheit geraten würde, fand ich irgendwie deprimierend. *Die Alten und ihre Gefühle, ich versteh's nicht*, hätte ich beinahe geseufzt, wenn mich nicht sofort ein *ist ja auch egal* hätte wieder einatmen lassen.

Was so eine tattrige Oma wie Ginko über mich dachte, konnte mir wurst sein. *Wenn man so alt ist, nimmt man es mit den Gefühlen wohl nicht mehr so genau*, dachte ich so vor mich hin.

Ende Mai fing es nach einer Reihe warmer Tage plötzlich an zu regen. Während ich mich noch darüber aufregte, dass der Frühling einfach nicht loslassen konnte, wurde Ginko krank. Sie blieb den ganzen Tag im Bett.

»Alles gut?«, fragte ich, ans Kopfende gekniet.

»Alles gut.«

»Wäre es nicht besser, zum Arzt zu gehen?«

»Nein, nicht nötig.«

»Machen die nicht auch Hausbesuche? Soll ich einen rufen?«

»…«

»Nehmen Sie Medikamente?«

»Nein.«

»Haben Sie keine Hausapotheke? Oder irgendwas, was der Arzt immer verschreibt?«

»Wenn ich mit meinem Zwiebelwickel im Bett bleibe, wird's schon wieder. Viel mehr braucht's nicht. Der Halswickel hier reicht.«

»Der … Zwiebelwickel?«

Tatsächlich roch es im Zimmer nach Zwiebeln. Ich warf einen vorsichtigen Blick aufs Kissen; offenbar hatte sie sich ein paar rohe Zwiebeln gehackt und mit einem Handtuch um den Hals gebunden.

Ginko antwortete schon nicht mehr. Insgeheim schlug mir das Herz bis zum Hals. Womöglich segnete sie jetzt wirklich das Zeitliche. Ich hatte keinen blassen Schimmer, was man mit alten Leuten machte, denen es schlecht ging.

In dieser Nacht, nahm ich mir vor, würde ich jede Stunde nach ihr sehen. Wenn ich durch die Schiebetüren linste, konnte ich gerade so ihren regelmäßigen Atem hören. Im Zimmer roch es nach wie vor nach Zwiebeln und – damit vermischt – nach etwas, das ich noch nie gerochen hatte. Ob so kranke Menschen rochen?

Um drei Uhr nachts setzte ich mich, nachdem sich meine Augen an die Dunkelheit gewöhnt hatten, leise an ihr Kopfende und vergewisserte mich, dass sie schlief. Als ich ihr die Hand vors Gesicht hielt, spürte ich ihren leicht feuchten Atem.

Ich stand auf, ging mit dem Gesicht nah an die Vitrine auf der Kommode und inspizierte ihren Inhalt. Nichts als bloßer Krimskrams, aber der Oma musste er wohl etwas bedeuten. Bevor ich wieder ging, öffnete ich die kleine Spiegelkommode aus Rattan, die an Ginkos Kopfende stand. Ich steckte meine Hand hinein und stieß zwischen Papier und etwas, das sich nach kühlem Plastik anfühlte, auf eine kleine, mit einem angenehmen Stoff bezogene

Schatulle. Ich nahm sie heraus und steckte sie mir in die Tasche. Ginkos Atem ging immer noch gleichmäßig.

Über der Spüle machte ich Licht und trank gierig ein Glas Wasser. Dabei tropfte mir ein bisschen auf den Schlafanzug. Draußen regnete es noch. Ich schloss die Augen und lauschte. Aus irgendwelchen Gründen fiel mir dabei ein Gruselfilm ein, den ich im Fernsehen gesehen hatte. Ich schüttelte den Kopf.

Um nicht weiter an die Gespenster aus dem Film denken zu müssen, hielt ich die Schatulle unter das Licht und besah sie. Sie war mit grünem Samt bezogen. In der Mitte war mit weißem Faden eine kleine Rose aufgestickt. In der Schatulle lag eine Kette. An der hing ein kleiner grüner Stein, der im Neonlicht der Spüle allerdings ein bisschen billig aussah. Da ich die Kette nicht in Ruhe anprobieren konnte, legte ich sie wieder in die Schatulle, aber gerade, als ich zurück in mein Zimmer wollte, fiel mir auf, dass in der Spüle zwei Gläser standen. Zum Wassertrinken aufstehen kann sie also schon, dachte ich. Im Reiskocher, den ich wie nebenbei aufmachte, war noch ein Rest Bambusreis vom Vortag; ich wickelte ihn in Frischhaltefolie und verstaute ihn im Gefrierfach.

Zurück in meinem Zimmer, nahm ich den Schuhkarton aus dem Wandschrank und legte die Schatulle neben den Clown, den ich am ersten Abend hatte mitgehen lassen. Die Schachtel enthielt ein buntes Sammelsurium völlig sinnloser Dinge, Bleistifte zum Beispiel, Papierclips in Entenform und ähnliches Zeug.

Die Angewohnheit, Sachen mitgehen zu lassen, hatte ich schon als Kind.

Das heißt, den Mut, in Geschäften etwas zu klauen, hatte ich nicht, meistens hatte ich es auf die kleinen Dinge der Leute um mich herum abgesehen, die ich meiner Sammlung hinzufügte, daran hatte ich von klein auf schon Spaß. Kein neues Federmäppchen oder Sneaker, ich sammelte Radiergummis, Bleistifte, Papierclips, Sachen, die es nicht wert waren, geklaut zu werden, banales Zeug. So wie andere Leute Erinnerungsfotos machten, ließ ich Sachen, die auf den Boden gefallen waren oder auf den Tischen herumlagen, in den Taschen meiner Schuluniform verschwinden. Ich stahl nicht, ich sammelte nur, redete ich mir ein, um mein schlechtes Gewissen zu beruhigen. Und dass es niemand bemerkte, machte alles noch einfacher. So einfach, dass ich mich manchmal sogar darüber aufregte, dass alle so unachtsam waren.

Ja, und auch heute kann ich mich dieser Angewohnheit manchmal nicht erwehren.

Den gesammelten Krimskrams verwahre ich in alten Schuhkartons. Davon stehen jetzt drei hinten in meinem Wandschrank.

Von Zeit zu Zeit sehe ich die Kartons durch und schwelge in Erinnerungen. Dann rufe ich ich mir die früheren Besitzer ins Gedächtnis und ihr Verhältnis zu mir, was mich manchmal wehmütig stimmt, manchmal zum Lachen bringt. Sobald ich etwas aus den Kartons in die Hand nehme, überkommt mich ein seltsames Gefühl von Ruhe.

Wenn ich mich dann all meiner Erinnerungen erfreut habe, beschimpfe ich mich – *Langfinger, Feigling, Kleinkrämer* und so weiter – und versinke in Selbsthass. Und mit jedem Mal, habe ich das Gefühl, wird mein Fell eine Lage dicker.

Nichts, was irgendjemand sagt, soll mir etwas anhaben können.

Und das haben wir gerade geübt, sage ich mir, wenn ich die Kartons wieder mit ihren Deckeln versehe.

Ginko blieb drei Tage im Bett, am vierten war sie wieder ganz die Alte.

Das erleichterte mich, ehrlich gesagt, enorm. Ich hatte mich nämlich, nur aufgrund der Tatsache, dass wir zusammenlebten, schon eine Beerdigung, einen großen Kranz und was weiß ich nicht alles organisieren sehen.

Der Sonntag war ein herrlicher Tag mit achtundzwanzig Grad. Aus lauter Freude darüber, dass ich kurzärmelig aus dem Haus gehen konnte und dass der nervige Frühling nun endlich vorbei war, ging ich nach langer Zeit mal wieder vor der Arbeit bei Yohei vorbei. Als ich mit meinem Zweitschlüssel die Tür öffnete, saß ein mir unbekanntes Mädchen halbnackt zu seinen Füßen.

»Ups«, war alles, was ich vor Überraschung herausbrachte.

»Ups«, wiederholte Yohei, angesichts dieser plötzlichen Gegenüberstellung, in seinem schmutzigen Muskelshirt wie ein Idiot. Selbst in diesem Moment kam ich nicht umhin, einen Augenblick seine braungebrannten Arme zu bewundern.

Das Mädchen trug die Haare in einer eleganten Hochsteckfrisur und war sorgfältig geschminkt. Und ich? Ich trug einen Pferdeschwanz, war ungeschminkt und hatte irgendein altes T-Shirt an, weil ich mich auf der Arbeit ohnehin noch einmal komplett zurechtmachen musste.

War das jetzt also das, was man gemeinhin als Anlass für die Trennung bezeichnete? Das Mädchen sah betreten zu Boden.

»Ich glaub's nicht.«

Yohei lachte blöd.

»Das ist echt das Letzte«, sagte ich und ging. Die Liebe endete abrupter als gedacht. Sah so das natürliche Ende aus, das ich erwartet hatte? Gesagt hatte ich zwar etwas, aber genaugenommen war es nicht so »echt das Letzte«, dass ich etwas hätte sagen müssen. Ich war weder traurig noch sauer. Wenn man so wollte, fühlte ich mich eher so wie auf dem Heimweg nach den Halbjahresprüfungen.

Als ich auf dem Weg zum Bahnhof stehen blieb und mich umsah, waren fast nur Familien oder Paare unterwegs. Das Pärchen in Schuluniform, das Arm in Arm vor mir ging, klebte so fest aneinander, dass kein Lufthauch zwischen ihnen hindurchgepasst hätte. Ich ließ mich auf den Rand eines Blumenbeetes nieder und musterte sie absichtlich böse, aber niemand sah zurück.

Ich wusste nicht, was Liebe hieß. Es war mir ein Rätsel, was Leute dazu bewegte, zusammenzugehen und zusammenzubleiben. Zumindest hatte ich das Gefühl, dass das Paar, das vor mir hergelaufen war, nichts mit dem zu tun hatte, was ich seit jeher betrieb. Was musste man tun, um anfängliche Verliebtheit zu bewahren? Konnte man wirklich zusammenbleiben, ohne sich gegenseitig zur bloßen Gewohnheit zu werden?

Anders als beim letzten Mal, als ich hier war, lagen in der Allee keine Haufen weißer Kirschblüten; als ich aufsah, blitzte durch frisches Grün der Himmel. Ob er blau war oder weiß, konnte ich, so hell wie es war, nicht sehen. *Von dieser Frische kann man ja Ausschlag kriegen!* Ich wollte meinen Körper nicht diesem Licht und lauen Lüften aussetzen, sondern den erbarmungslosen Winden tiefster Winter, die einem förmlich das Fett aus der Haut reißen.

Die Leute, die an mir vorbeigingen, ohne mich eines Blickes zu würdigen, sahen aus wie mit Bleistift gezeichnet. Ich hatte den Eindruck, sie könnten jeden Moment mit der sanften Brise davonsegeln. Aber diese harmlosen Papierfetzen schnitten mir, ehe ich mich versah, in die Haut. Ich seufzte, verschränkte die Arme fest vor der Brust, und setzte mich gesenkten Kopfes eilig in Bewegung.

Das heutige Bankett fand im Saal eines Hotels in Nippori statt.

Ich zog das von der Agentur gestellte geschmacklose, pinkfarbene Kostüm an, steckte mir die Haare hoch, trug einen zur Farbe des Kostüms passenden pinkfarbenen Lippenstift auf und widmete mich den älteren Herren.

Selbst die hatten sich mal verliebt, geheiratet und eine Familie gegründet. Als ich in einer Ecke des Saals Löcher in die Wand starrte, kam Frau Yabuzuka, eine Kollegin, die schon länger dabei war, auf mich zu. Sie hatte ihre Haare zu einer kunstvollen Rolle am Hinterkopf aufgesteckt und trug einen perfekt sitzenden weißen Hosenanzug mit goldenen Knöpfen.

»Was ist los? Ab mit dir in die Runde.«

»Äh, ja …«

»Deine Brosche sitzt schief.«

An der Brust steckte mir so eine rosenförmige Brosche. Die hochgewachsene Yabuzuka beugte sich zu mir hinab und richtete sie.

»Sagen Sie …«

»Was?«

»Wie geht richtige Liebe?«

»Jetzt hör aber mal auf. Konzentrier dich auf die Arbeit.«

Sie zog mich am Arm und bugsierte mich in die Runde der älteren Herren. Als die so langsam einen sitzen hatten, zog ich mich zurück, tat aus einer Schüssel Salat auf mehrere Teller und verteilte sie.

Morgens beim Frühstück machte ich den Versuch, Ginko mein Herz auszuschütten.

»Mein Freund …«

Der Gedanke, dass es mir ja egal sein konnte, was sie über mich dachte, machte mir Lust, ihr alles mögliche zu erzählen, aber nachdem ich in der nur durch das Klappern unserer Teller und Stäbchen unterbrochenen Stille angesetzt hatte, kam es mir plötzlich falsch vor.

»… hat mich betrogen.«

»Wie?« erwiderte Ginko, wobei sie sich eine Ladung geschmorter Kartoffeln in den Mund schob. *Ist vielleicht doch nicht der Rede wert,* dachte ich, während ich ihr dabei zusah, und spießte schweigend ebenfalls eine Kartoffel auf.

Alles, was Ginko kochte, schmeckte fade; immer fehlte irgendwas. Ich, die ich noch gut was vertragen konnte, wollte etwas Deftiges essen. Keinen Rettichsalat oder Trockenfisch, sondern Auflauf, Fleisch oder Spaghetti carbonara.

»Gibt es heute Nachtisch?«

»Wie?«

»Gibt – es – heute – Nach – tisch?«

»Heut nicht.«

»Und die Äpfel vorhin …«

»Ach die, die kann man noch nicht essen.«

»Wieso?«

»Weil die eine Nacht stehen müssen, sonst schmecken sie nicht.«

Nachdem ich meine Reisschale geleert hatte, ging ich mir die Äpfel ansehen. Jeden Schmortopf umwickelte Ginko, sobald sie ihn vom Herd nahm, mit einem Küchentuch. So würde das Essen darin bis zum Morgen warm bleiben und durchziehen. In dem mit einem orangefarbenen Tuch umwickelten Topf waren die Apfelschnitze gleichmäßig in sich zusammengefallen. Feucht glänzten sie im Zuckerwasser, haltlos, duftend. Wie das Mädchen, das Yohei zu Füßen gesessen hatte, wohl hieß? Diese Süße, von dem das dunkle und schmutzige Zimmer erfüllt gewesen war, passte überhaupt nicht ins Bild. Aber egal. Yohei war auf jeden Fall ein Idiot. Wenn er jederzeit auch woanders was fürs Bett hätte haben können, was hat er dann von mir gewollt? Und ich? Was hatte ich in den zweieinhalb Jahren von ihm gewollt?

Ich pickte ein Stück Apfel aus dem Topf und roch daran. Der Schnitz, der mir an der Nase pappte, war noch warm.

Donnerstags legte Ginko, die Mitglied im Gemeindeclub für Gesellschaftstanz war, Make-up auf und verließ beschwingt das Haus. Ohne Kittelschürze natürlich. *Ach wie reizend*, würde man normalerweise vielleicht denken, aber ich schnalzte nur missbilligend mit der Zunge. *Was soll das*, dachte ich, *in dem Alter.*

Und wenn ich dann manchmal doch so nett war und auf ihr ständiges *Komm doch gucken, macht Spaß* mitging, tauchte sie mit irgendeinem Opa ab.

Für mich gab es zwischen den gemütlich tanzenden adretten alten Leutchen nichts zu tun.

Um wieder auf andere Gedanken zu kommen, sitzengelassen worden war ich auch, schnitt ich mir die Haare. Raspelkurz, wie bei einem Flitzer aus der Grundschule. Nun sah ich merklich verwegener aus. Als ich, um Ginko zu erschrecken, mit einem Schrei in die Küche sprang, trank dort ein mir fremder Mann ein Glas Tee. Erschrocken schrie er auf und verschluckte sich.

»Entschuldigung …«, murmelte ich verlegen. Während ich noch, ohne zu wissen, wohin mit meinem Blick, herumdruckste, kam Ginko herein.

»Och, hast du dir die Haare geschnitten?«

»Ja … äh, ich glaube, ich hab ihn erschreckt …«, sagte ich und zeigte auf den alten Mann, der immer noch hustete.

»Der arme Herr Hosuke. Was hast du mit ihm gemacht?«

»Ich dachte, du wärst es … tut mir leid, dass es wer anders war.«

Schon gut, schon gut, nichts passiert, sagte »Herr Hosuke« und lächelte schief. Ginko klopfte ihm sachte den Rücken.

»Tut mir leid, wirklich.«

Ich verzog mich. *War das ein Freund, ein Tanzpartner oder eine Altersliebe?* Ich wusch mir die Füße, und als ich mir auf der Veranda die Fußnägel schnitt, hörte ich die beiden das Haus verlassen. Ich setzte mir einen Kopfhörer auf und schüttelte den Kopf. Dann schloss ich die Augen und ließ auch die Arme baumeln. Dass ich keine Haare spürte, wenn ich meinen Kopf bewegte, war ein ganz neues Gefühl. Als ich abrupt die Augen öffnete – mir war ein bisschen schlecht geworden – sah ich direkt neben mir Ginkos schmale Füße. Ich sah auf. Ginko stand missmutig da.

»Was machst du da?«

»Hm …«

Ginko stand auf der Veranda und sah zum Bahnsteig.

»Ist der Opa von eben weg?«

»Er fährt jetzt. Schau, da ist er.«

Ginko winkte. Vom Bahnsteig winkte der alte Mann zurück. Ich setzte mich ein bisschen ordentlicher hin und grüßte. *Fast wie am Fluss zur Unterwelt*, dachte ich. Alles schwankte noch vor meinen Augen.

Die beiden hörten überhaupt nicht mehr auf zu winken. Als hätten sie den Verstand verloren.

Das Unkraut hatte sich bis an die Veranda vorgearbeitet. Zwischen dem Grün lugte hier und da braune Erde hervor, wie bei Stracciatellaeis.

Sommer

Als ich mich an den Hostessenjob dreimal die Woche gewöhnt hatte, wollte ich mehr. Anfang Juni beschloss ich, noch eine neue Arbeit anzufangen. Ich wurde Verkäuferin im Bahnsteigkiosk in einem Bahnhof namens Sasazuka. Meistens ließ ich mich für fünfmal die Woche eintragen.

Meine Schicht dauerte fünf Stunden; sie begann morgens um sechs und endete um elf. Sobald ich soweit sei, würde die Frau, die mich anlernte, ihren Hut nehmen, hieß es. Sie hätte Rückenprobleme. Diese Frau war eine Schwatztante. Ich nickte in einem fort, stellte Fragen, verstand, versank in Langeweile. *Wenn du erst mal alleine hier stehst, geht's nicht mehr so gemütlich zu* oder *was Hänschen nicht lernt, lernt Hans nimmermehr* musste ich mir mindestens zweimal am Tag anhören. Ich erzählte ihr nicht, wo ich wohnte oder warum ich diese Arbeit anfing. Mehr denn erzählen wollte ich mich schnell einarbeiten und mein eigener Herr werden.

Das frühe Aufstehen war hart, aber ich gewöhnte mich daran. Im Sommer war der Morgen das Beste. Wenn ich um halb sechs das Haus verließ, war es schon hell und die Luft leicht. Kaum jemand wartete auf die Bahn. Ein Liedchen pfeifend ging ich beschwingten Schrittes bis zum Ende des Bahnsteigs.

Im Frühsommer sind die Farben der Welt so frisch und einfach wie in den Zeichnungen von Dick Bruna, Miffys Schöpfer. Jeden Tag scheint wie bestellt die Sonne. Viele Leute tragen bunt, selbst die Büroangestellten ziehen ihre Jacketts aus und laufen in weißen oder blauen Hemden herum, so dass der Bahnsteig sich zu den Stoßzeiten in ein wogendes Farbenmeer verwandelt. Das Gefühl, dass man bis zur bevorstehenden Regenzeit immer noch mehr von der Hitze aufnehmen konnte, war unerhört gut. Am Haaransatz bildete sich Schweiß, und nach und nach fiel einem wieder ein, wie es sich anfühlt, wenn es in den Schuhen oder der Wäsche feucht wird.

Der Kiosk lag in der Mitte des Bahnsteigs, mit dem Rücken zur Skyline von Shinjuku. Hektisch verkaufte ich Zeitungen, Kaugummi oder grünen Tee in Flaschen. Mein Gedächtnis war gut, von fast allem, was man mir hinhielt, wusste ich auf Anhieb den Preis, neue Ware hatte ich schnell eingeräumt. Die Schürze mit dem Logo stand mir zudem ziemlich gut. Wenn ich die Männer betrachtete, die jeden Tag zur gleichen Zeit den gleichen Tee kauften oder die Frauen, die, während sie auf die Bahn warteten, noch schnell Make-up auflegten, dachte ich so vor mich hin: *So ist das also, wenn die Leute arbeiten gehen.*

Bald kannte ich auch die Bahnangestellten. Herr Ichijo, der offenbar am meisten zu sagen hatte, stand jeden Morgen ganz am Ende des Bahnsteigs, bis hin zu seiner Kappe die Korrektheit in Person. Mir Anfängerin vom ersten Tag an wohlgesonnen, vergaß er nie, mich zu grüßen. Er war nicht mehr der Jüngste, aber immer aufgeräumt und auf Zack. Daneben gab es noch ein paar jüngere Aushilfskräfte.

Einmal kam Ginko mich besuchen. Der Rush war gerade abgeflaut. Ich hatte den am Ende des Bahnsteigs stehenden Herrn Ichijo betrachtet und mir ausgemalt, so einen Vater zu haben, da tauchte sie plötzlich auf.

»Nanu? Ginko? Was gibt's?«

»Da bin ich.«

»Ja und …?«

»Junge Frau in Lohn und Brot, was?«

»Ich geb mir Mühe.«

Ginko kaufte zwei Zeitschriften und ging. Sie stieg die Treppe hinunter und kam auf dem gegenüberliegenden Bahnsteig wieder hoch. Ich stellte mich vor den Kiosk und winkte. Die Bahn fuhr ein, und als sie sich wieder in Bewegung setzte, winkte ich noch einmal.

Als ich an jenem Tag nach der Arbeit nach Hause kam, bürstete Ginko in der Küche die Katze. Trotz der Schwüle trug sie auch heute eine Kittelschürze. Allerdings eine in einem sommerlichen, hellen Blau. Während meiner Abwesenheit hatte sie offenbar wieder Besuch gehabt, in der Spüle standen Kristallgläser und zwei ineinandergestapelte Teller, an denen ein Rest *kinako* klebte, geröstetes Sojabohnenmehl. Wahrscheinlich hatten sie *warabi-mochi* gegessen, Würfelgelee.

Ich nahm mir ein Eis am Stiel aus dem Gefrierfach, hockte mich, ein Knie angezogen, auf den Stuhl und aß.

Als ich fertig war, wagte ich einen Schuss ins Blaue: »Verliebt?«

»Verliebt?«

»Ja, verliebt. Verliebt!«

Ginko grinste. »Ach, hat's dich erwischt?«

»Nicht mich.«

»Ja, ja …«

»Nicht mich. Dich!«

»Ach was …«

»Ich weiß gar nicht, was Liebe ist.«

Ginko lachte.

»Sag mal, gibt es jemanden, den du nie vergessen wirst?«

»Jemanden, den ich nie vergessen werde …«

»Sag schon!«, quengelte ich. Lächelnd begann sie zu erzählen. Die Bürste mit dem Katzenhaar schwenkte sie dabei wie einen Fächer.

Sie habe sich damals in einen Taiwanesen verliebt.

Eine Jugendliebe, die allerdings unerfüllt geblieben sei.

»Das war ein guter Mann. Lieb, hochgewachsen, und er hatte schöne große Augen. Er kam zwar aus Taiwan, sprach aber sehr gut Japanisch. Den hätte ich gerne geheiratet, aber die ganze Familie war dagegen, und irgendwann ist er dann zurück. Ach, was hab ich da geweint. Die ganze Welt habe ich gehasst, es kommt mir bald so vor, als hätte ich damals den Hass für ein ganzes Leben aufgebraucht.«

»Den Hass für ein ganzes Leben?«

»Ja, es gibt nichts mehr, das ich hasse.«

»Wie hast du den Hass aufgebraucht?«

»Habe ich vergessen.«

»Ich würde jetzt gerne die Leere aufbrauchen. So dass ich im Alter keine mehr habe.«

»Die darfst du jetzt noch nicht aufbrauchen, Chizu-chan. Wenn du dir all das Schöne für's Alter aufhebst, hast du keine Lust mehr zu sterben.«

»Hast du Lust zu sterben?«

»Nein, Lust habe ich keine. Vor Schmerz und Leid hat man in jedem Alter Angst.«

Ich versuchte mir die Ginko, die das hier und jetzt mit einer Katzenbürste wedelnd sagte, als von der Liebe gebrochen, in Tränen aufgelöst und voller Hass auf die Welt vorzustellen, aber ohne Erfolg.

Ich hatte noch nie aus vollstem Herzen getrauert oder gehasst. Deshalb wusste ich nicht, was für Erinnerungen aus Trauer oder Hass würden. Vage dachte ich, dass ich mich mit diesen Dingen erst in ferner Zukunft würde auseinandersetzen müssen.

Wenn möglich, würde ich gerne, ohne zu altern und ohne vom Schicksal gebeutelt zu werden, still und leise vor mich hinleben, aber das war wohl zu viel verlangt. Nun, auf ein gewisses Maß an Mühsal war ich eingestellt. Ich wollte als normaler Mensch ein normales Leben führen. Ich wollte mir ein möglichst dickes Fell zulegen und jemand werden, der alles aushalten kann, egal was.

Einen Traum für die Zukunft oder eine Liebe fürs Leben hatte ich mir nicht ausgemalt, den leisen Wunsch danach verspürte ich jedoch.

Anscheinend hatte Ginko sich doch verliebt.

Sie schminkte sich. Da sie einen hellen Teint hatte, stand ihr rosafarbener Lippenstift und dergleichen sehr gut. Ihr Haar war ordentlich gebunden. Und seit kurzem trug sie auch keine Kittelschürze mehr, sondern kurzärmelige geblümte Kleider oder ähnliches. Ich hatte zwar keinen Schimmer, was bei alten Frauen modisch angesagt war, aber Ginko gab sich Mühe, soviel stand fest. Selbst an Tagen, an denen sie nicht ausging, machte sie sich schick.

Und ich? Da es seit Beginn der Regenzeit jeden Tag schüttete, schob ich Frust und wurde immer fieser. Ich glotzte Ginko, die sich so herausgeputzt hatte, so lange stumm an, bis sie es merkte und mich argwöhnisch musterte.

»Dafür, dass es keiner sieht, gibst du dir aber ganz schön Mühe.«

»Na und? Ich kann mich doch schön machen.«

»Ja. Schön bist du.«

»Findest du …?«

Manchmal war ich über meine Boshaftigkeit selbst überrascht. Ich spazierte absichtlich in Hemd und Höschen herum und stellte meine jugendliche Haut zur Schau, was mir allerdings nicht den erhofften Kick gab. Je mehr Ginko sich ins Zeug legte, desto schlechter wurde meine Laune, warum auch immer. Ich hatte große Lust, ihre Bemühungen, sich schön zu machen, zu sabotieren, wo ich nur konnte.

Ich weiß nicht, ob sie mich durchschaut hatte, aber mittlerweile traf sie ihre Vorbereitungen fürs »Schönerwerden«, wenn ich schlief oder unterwegs war. Wenn ich dann ins Wohnzimmer kam, trank sie ganz nonchalant einen Café au lait oder so, als hätte sie noch nie etwas anderes gemacht.

»Richtig jung.«

»Wer? Ich?«

»Ja, jung. Viel jünger als ich. So jung wär ich auch gern.«

Beleidigt verzog Ginko das Gesicht, als wollte sie sagen, was für ein Quatsch. Offenbar war ihr nicht entgangen, dass ich mich über sie lustig machte. Obwohl sie mir einerseits ein bisschen leid tat, bekam ich andererseits noch mehr Lust, sie zu triezen.

»Sag mal, dieser Hosuke, ist das nun dein Tanzpartner oder was?«

»Genau, mein Tanzpartner.«

»Der tanzt? Scheint mir aber recht wacklig auf den Beinen zu sein … Seine Haare sind auch schon ziemlich zauselig.«

»Er ist ein guter Tänzer.«

»Ah echt? Puh, auf so einsame Herzen, die sich an den Händen fassen, kann ich gut verzichten …«

»Herr Hosuke ist ein ganz lieber.«

»Der und lieb? Zu mir ist der überhaupt nicht lieb.«

»Er gehört zur alten Schule. Die jungen Leute sind ihm ein bisschen zu schrill.«

»Ich? Schrill? Aha, verstehe. Das ist wohl die Jugend, hahaha …«

Mit einer Mischung aus Feindseligkeit und Solidarität sahen wir uns an; vom Alter her lagen wir zwar weit auseinander, aber wir waren doch beide Frauen.

Am Fliegengitter schrappte es. Ginko stand auf: *Ah, Handtuch*. Ich schob das Fliegengitter auf und ließ die pitschnasse Schwarzweiß, die am Gitter gekratzt hatte, ins Zimmer. Als ich sie mit dem Handtuch, das Ginko mir zugeworfen hatte, abrubbelte, wurde ich an den Knien durch den von draußen hereinspritzenden Regen nass.

Als ich am Morgen aufwachte, fühlte ich mich wie neugeboren; das Laken war feucht und mein Körper kam mir schwer vor, aber irgendwie lag etwas Gutes in der Luft. Ginko war noch nicht aufgestanden, und als ich auf der Veranda ungestört eine Scheibe Brot knabberte, hatte ich erst recht das Gefühl, wieder neu anfangen zu können. Drei Wochen trübe Regenzeit waren zu Ende. Heute war ich von der Hitze wach geworden.

Ich hatte gerade den Spatzen die letzten Brotkrümel hingeworfen, als Ginko mir einen sanften Klaps auf den Hintern gab. Sie hatte Lockenwickler im Haar und trug ein Blümchennachthemd.

»Guten Morgen!«

»Was ist das denn? Das sieht ja aus wie ein Kleinmädchennachthemd.«

Lachend verschwand Ginko in die Küche. Einer ihrer Lockenwickler hatte sich verselbständigt und lag auf den Tatami. Ich schmiss ihn mit Wucht Richtung Bahnsteig, aber er trudelte nur durch die Luft und landete kaum zwei, drei Schritt entfernt vor der Veranda.

Wenn ich in die Stadt ging, berührte mich niemand mit freundlicher Hand, es war, als würde mein Körper immer reiner. Selbst wenn ich mit geschlossenen Augen durch eine Menschenmenge ginge, würde ich unsichtbar durch sie hindurchgleiten. Auch meine Fingerspitzen oder mein Haar wollten nur mir gefallen. Das Grün der Stadt begann zu strahlen, die Luft wurde schwerer, die Leute begannen, sich ungeniert leichter zu kleiden. Wenn ich nach dem Bad eine leichte Creme auftrug, kam mir immer häufiger der Gedanke, dass ich diesen Duft gerne mit jemandem teilen würde.

So ging das eine Weile, bis ich mich eines Tages verliebte.

Er arbeitete auf dem Bahnsteig in Sasazuka und gehörte zu den Aushilfsordnern, die die Leute in die Züge der Keio New Line pressten. Schneidig in seinem gut sitzenden, kurzärmeligen weißen Hemd, großgewachsen und, dem Eindruck nach, unprätentiös. Pilzkopffrisur. Heller Teint. Leicht abfallende Schultern. Angewohnheit, sich dann und wann die Mütze abzunehmen, einmal durchs Haar zu fahren und die Mütze wieder ordentlich aufzusetzen.

Da ich im Vorbeigehen einen verstohlenen Blick auf sein Namensschild geworfen hatte, wusste ich, dass er Fujita hieß. Bevor die Türen der Bahn sich schlossen, hob er die Hand, spulte irgendein Verslein ab, und wenn er sich zum Kiosk drehte, trafen sich beinahe unsere Blicke. Bildete ich mir herzklopfend ein. Einmal trafen sich unsere Blicke wirklich, und auf mein verhaltenes Nicken schenkte er mir ein breites Lächeln.

Ich begann, anständig geschminkt zur Arbeit zu gehen und mich aufrecht hinzustellen. Sobald die Stoßzeit vorbei war und es viertel nach neun wurde, hatte der Trupp der jungen Männer um Fujita seinen Dienst getan und ging die Treppe hinter dem Kiosk hinunter. Wenn ich in der Zeit nicht viel zu tun hatte, himmelte ich ihn an. *Ich bin verliebt*, dachte ich, wenn ich ihm nachsah, wie er auf dem Bahnsteig hin- und herlief, um Männer in Anzügen oder junge Frauen in die Bahn zu quetschen.

»Findest du nicht, dass die Männer bei der Bahn ein bisschen wie früher die Soldaten aussehen?«

»Überhaupt nicht«, erwiderte Ginko, während sie mit den Stäbchen den kalten Tofu portionierte.

»Sehen doch schneidig aus in ihren Uniformen und den Kappen.«

»…«

»So ein hochgewachsener in einem gut sitzenden weißen Hemd, ich find das schneidig.«

»Ach ja?«

»Die Kappe auf dem Kopf und weiße Handschuhe an – sieht doch klasse aus.«

»…«

Wenn Ginko und ich uns beim Essen gegenübersitzen, komme ich mir manchmal total alt vor.

Ich habe das Gefühl, dass ich, wenn ich jemand vor mir habe, der sein Leben bis zu einem gewissen Grad schon hinter sich hat und nicht weiter altert, eben diesem Alter entgegenrausche. Selbst wenn ich eine getrocknete Makrele zerpflücke oder eine Sommerorange schäle, kann es mir irgendwie nicht schnell genug gehen.

»Ein Supermarkt ...«, sagte Ginko plötzlich beim Nachtisch. Ich hielt in jeder Hand ein Bohneneis und schleckte mal links, mal rechts. Im Fernsehen lief eine Ratgebersendung: *Schminken im Alter*. Die Visagistin, eine Frau mit schöner, glatter Haut, machte gerade eine Oma zurecht.

»Was?«

»Auf der anderen Seite des Bahnhofs soll ein Supermarkt aufmachen.«

»Ach echt?«

»Wollen wir uns den ansehen?«

»Wann ist Eröffnung?«

»Übernächste Woche.«

»Übernächste Woche, hm ... wenn's da nicht schon zu Ende gegangen ist – mit mir, meine ich.«

»Wer weiß, ob's mit mir da nicht auch schon zu Ende gegangen ist.«

»Bei dieser Hitze ...«

Das Gesicht einer Oma erschien auf dem Bildschirm, ich sah es mir genauer an. Sie hatte Tränensäcke unter den Augen, stark ausgedünnte Brauen und fahle, faltige Lippen. Ein von der Zeit gezeichnetes Gesicht, das unter den schlanken Fingern der Visagistin Farbe, Glanz und Kontur erhielt. Es war, als wäre die Frau zurückgekommen und gleichzeitig in die Ferne gerückt. Als man sie zum Schluss in weißes Licht tauchte, lächelte sie. Applaus brandete auf. Alle auf dem Bildschirm schienen zufrieden ob dieser Verschönerung.

»Möchtest du auch so aussehen, Ginko? Ich könnte dich schminken.«

»Nein, danke.«

»Was für eine Farce! Und alle klatschen. Die Arme. Hat sich da zum Clown gemacht.«

Ginko setzte ihre schmalen Lippen an ihr Bohneneis und lächelte ihr kleines Lächeln. Dieses warme Lächeln reizte mich jedes Mal zu einer Boshaftigkeit.

»Sag mal, hat sich der Opi in letzter Zeit rar gemacht?«

»Wen meinst du? Herrn Hosuke?«

»Ja.«

»Der war länger nicht da.«

»Hm, das klingt ja gar nicht gut ...«

»Hat wahrscheinlich viel zu tun.«

»Aha.«

Ob er sie sitzengelassen hatte? Ich fühlte leise Genugtuung. Meinen selbstzufriedenen Gesichtsausdruck quittierte Ginko mit einer Grimasse – sie hob die Augenbrauen und riss die Augen auf. Ich musste lachen.

Ab dem folgenden Tag kam Herr Hosuke oft vorbei.

Ich fragte mich, was diese prompte Reaktion wohl sollte. Mehrmals in der Woche aßen wir nun auch zusammen zu Abend. Von außen betrachtet sah es wohl wie ein friedliches Abendessen von Opa, Oma und Enkel aus. Irgendwann war für Herrn Hosuke auch ein Paar pechschwarzer

Stäbchen angeschafft worden.

»Sag mal, Chizu-chan, wollen wir demnächst nicht mal zu dritt ins Kotoya gehen?«

»Ins Kotoya?«

»Sehr lecker. Ist an meinem Bahnhof.«

Herr Hosuke sah mich an, was er selten tat, aber ich wandte mich an Ginko: »Geht ihr da oft hin? Was kochen die?«

»Europäisch. Und wirklich: sehr lecker.«

»Aha ...«

»Sag mal, Hosuke-san ...«

»Ja ...?«

»Was macht ihr zwei Hübschen eigentlich immer so zu zweit?«

»Naja, meistens ... etwas essen. Oder tanzen gehen.«

Ginko kaute ihr *kinpira*-Gemüse, ohne eine Miene zu verziehen. War ihr meine Boshaftigkeit entgangen? In der Regel ignorierte Opa Hosuke mich. Sein Blick war leer.

Im Fernsehen waren die Abendnachrichten noch nicht vorbei. An den Tagen, an denen er kam, aßen wir sehr früh zu Abend. Außerdem wurden zwei Flaschen Bier geleert. Wenn ich mir vorstellte, dass er sonst wohl immer vor einer Auswahl von Fertigbeilagen saß und sich selbst einschenken musste, tat er mir, wie er schweigend mit seinen Stäbchen hantierte, fast ein bisschen leid.

Nachdem wir eine Weile gemütlich zusammengesessen hatten, fuhr Herr Hosuke, der drei Stationen weiter wohnte, mit der Bahn nach Hause. Ginko und ich stellten uns auf die Veranda und sahen ihm nach. Nicht, dass ich besondere Gefühle für ihn hegte, aber wenn wir drei uns zuwinkten, hatte ich das Gefühl, dass das Gift in meinem Körper abnahm, was sich gut anfühlte. Sobald er eingestiegen und unserem Blickfeld entschwunden war, kehrten wir in unser Leben zurück. Ginko spülte ab, ich heizte das Badewasser an. Beide sahen wir etwas erschöpft aus.

Die dreieinviertel Stunden, in denen ich Fujita beobachtete und mich meinen Phantasien hingab, gingen weiter. Weil ich meine Energie in meine frühmorgendliche Arbeit stecken wollte, hatte ich seit längerem nicht mehr als Hostess gejobbt, wo es abends sehr spät wurde. Nur zwischen sechs und neun Uhr fünfzehn war ich wirklich lebendig. Die übrige Zeit wurde immer mehr zur Qual.

Je mehr ich mir vor dem Schlafengehen ausmalte, dass morgen vielleicht der Tag der Tage sei, desto klarer wurde mein Kopf. Selbst wenn ich versuchte, mich auf das unablässige Sirren der Insekten zu konzentrieren, erinnerte mich das nur wieder an das Zirpen der Grillen vom Mittag, was den Bahnhof Sasazuka vor meinem inneren Auge erscheinen ließ. Ich veränderte meine Lage, aber das Laken war überall feuchtwarm und eklig.

Ich ging in die Küche, um einen Schluck Wasser zu trinken, und sah auf die Uhr; es war zwei Uhr nachts. Vielleicht sollte ich noch etwas mopsen, bevor ich wieder ins Bett gehe, dachte ich, und schob sachte die Tür zu Ginkos Zimmer auf, das im Gegensatz zu den anderen eine Klimaanlage hatte. Wegen zu viel Hitze hätte sie, Ginko, nämlich einmal an Dehydration gelitten. *Wenn es dir zu heiß wird, kannst du hier schlafen*, hatte sie mir angeboten.

Offenbar hatte Ginko eine bestimmte Temperatur eingestellt, im Zimmer war es angenehm kühl. Um meine Augen an die Dunkelheit zu gewöhnen, blinzelte ich ein paarmal. Die beiden Katzen lagen zusammengerollt an Ginkos Fußende. Auf Zehenspitzen schlich ich am Futon vorbei zur Vitrine, schob sie langsam auf und fasste, darauf bedacht, nichts umzustoßen, vorsichtig hinein. Die russische Puppe fühlte sich kühl und glatt an. Ohne groß nachzudenken packte ich sie am Kopf, zog sie flugs heraus, drückte sie mir an die Brust und verschwand wieder in die Küche.

Ich zerlegte die Puppe auf dem Küchentisch, ohne Licht zu machen, und reihte die Innenpuppen nebeneinander auf. Es waren sieben. Ich stieß sie eine Weile mit dem Finger um und dachte an Fujita vom Bahnhof in Sasazuka. Ich stellte mir in allen Einzelheiten vor, wie er dastand, wie er sich mit der Hand durchs Haar fuhr und so weiter, und musste lächeln, bis ich mich irgendwann plötzlich leer fühlte.

Was hat es für einen Sinn, sich diese Dinge auszumalen, dachte ich, *morgen wird nichts anders sein als gestern*, und setzte derweil die Puppe wieder zusammen. Als ich damit fertig war, stützte ich das Kinn in die Hände und starrte eine Weile nur auf den Wasserhahn.

Wider Erwarten wendete sich das Blatt sofort.

Am Kiosk kam es zu einem Gerangel. Ich war allerdings nicht daran beteiligt. Der schlimmste Rush war gerade vorbei, als ein streitendes Paar an den Kiosk kam. »Du nervst!«, sagte er und hielt mir eine Packung Kaugummi und Kleingeld hin, was sie, vom Leibesumfang so mächtig wie ein Sumoringer, nutzte, ihm aus heiterem Himmel einen Faustschlag an den Kopf zu verpassen. Ich war wie von den Socken. Der Typ taumelte und riss dabei die rechte Hälfte der Auslage herunter, die sich auf dem Bahnsteig verteilte. Rasend vor Wut packte er die Frau an der Schulter und wollte gerade zurückschlagen, als Herr Ichijo, der ganz in der Nähe gestanden hatte, und die anderen Ordner mit einem *Was ist passiert? Was ist passiert?* herbeigelaufen kamen. Fujita war auch dabei.

Herr Ichijo beruhigte die kreischende Frau, und sofort kehrte wieder Ruhe ein. »Schlampe«, sagte der Typ, wie im Film, spuckte aus, bestieg die Bahn und war weg. Die Frau wurde in den Aufzug gesteckt und verschwand.

Die jungen Ordner sammelten die verstreute Ware ein und legten sie wieder an Ort und Stelle. Fujita stand direkt neben mir. Ich hielt ihm das Päckchen Kaugummi hin, das ich in der Hand hatte.

»Willst du?«

»Die sind doch zum Verkauf«, gab er zurück. Er sagte es leichthin, wie beschwichtigend.

»Egal.«

Ich drückte ihm das Päckchen an die Brust. Sein weißes Hemd war aus festem Stoff. Auf der Brusttasche waren zwei feine Linien eingewebt. Sie waren so dünn, dass man sie nur aus der Nähe erkennen konnte. Als mir aus so kurzer Distanz sein Namensschild mit der Aufschrift *Fujita* in den Blick kam, wurde ich unwillkürlich steif.

»Hier, bitte.«

»Na gut«, sagte Fujita und ließ den Kaugummi mit einer schnellen Bewegung in seiner Brusttasche verschwinden.

»Wenn du das nächste Mal kommst, gebe ich dir wieder was. Was immer du haben willst. Egal was«, haspelte ich. Er lachte verständnislos und ging auf seinen Posten zurück. Beim Ordnen der Ware zitterten meine Hände. Als ich mich auf den Stuhl im Kiosk setzte und Fujita aus der Ferne auf den Rücken starrte, ließ die Anspannung langsam nach.

Um neun Uhr fünfzehn gingen die Aushilfsordner wie immer im Pulk die Treppe hinunter. Nur Fujita wandte sich, nachdem sie am Kiosk vorbei waren, noch einmal um. Auf mein unwillkürliches Winken hob er verhalten die Hand und grüßte zurück.

Eine Woche später verabredete ich mich mit ihm für nach der Arbeit. Angesprochen hatte *er* mich. Ich hatte ihm nachgesehen, wie er um neun Uhr fünfzehn die Treppe hinunterging, und um neun Uhr fünfzig, als ich wieder in mich zusammengesunken war, tauchte er plötzlich vor dem Kiosk auf.

»Wann hast du Schluss?«

»Um elf.«

»Wollen wir dann einen Tee trinken gehen?«

»Gerne.«

»Okay, dann sehen wir uns unten.«

»Unten, okay. Super.«

Er nickte und ging. Ich sah ihm nach, dann schaute ich sofort in den Spiegel, der schräg über mir hing. Mit den Fingern kämmte ich mir meine nicht einmal besonders zerzausten Haare und drückte, wohl wissend, dass es nichts nutzen würde, an dem Pickel auf meiner rechten Wange herum.

An dem Tag ging ich zwar mit in seine Wohnung, sie war circa zwanzig Minuten zu Fuß vom Bahnhof Sasazuka entfernt, aber Sex hatten wir nicht. Ich trank nur eine Tasse Tee und ging wieder. Da ich mir auf dem Weg mehrfach den Schweiß von der Stirn gewischt hatte, war mein Taschentuch, als wir ankamen, klatschnass. Mein Make-up, das ich im Bahnhofsklo vorher extra noch aufgefrischt hatte, war ebenfalls hinüber.

Fujita spülte die Tassen, die er aus dem Schrank genommen hatte, durch und bereitete aus losen Blättern einen schwarzen Tee. Allein das beeindruckte mich Instant-Zitronentee-Trinker schwer.

Bis sein Mitbewohner nach Hause kam, saßen wir nebeneinander vor dem Fernseher, guckten die Vormittagsnachrichten und quatschten nebenbei ein bisschen. Der Ventilator drehte sich zwar, aber der Wind kam von so nah, dass ich vollends erschlaffte. Wir hockten auf dem Boden. In meinen Kniekehlen sammelte sich der Schweiß. Wieder und wieder ließ ich meine Hände daruntergleiten, um ihn abzuwischen.

Wir begannen, uns regelmäßig nach der Arbeit zu treffen.

In Zivil sah Fujita wieder ein bisschen anders aus, was mir gut gefiel. Er wartete immer vor dem Buchladen am Südausgang. Auf dem kleinen Vorplatz gab es eine Losbude, eine Eisdiele und einen Blumenladen. Der ganze Bereich war von einer heiteren Atmosphäre erfüllt.

Wir setzten uns auf den Rand des Rhododendronbeetes und tranken Saft. Fujitas T-Shirt hatte im rechten Ärmel ein kleines Loch. Sein Nackenhaar lag ordentlich an.

Wenn ich mit der Arbeit fertig war, hatte ich nichts mehr zu tun. Dieser Freiraum war angenehm. Wie Fuijta das wohl empfand?

»Was machst du heute noch?«

»Keine Ahnung.«

»Willst du die Oma kennenlernen?«

»Welche Oma?«

»Na die, bei der ich wohne.«

»Hmhm. Klar, warum nicht.«

Als wir nach Hause kamen, war Ginko im Garten. Sie hockte neben dem Zaun und rupfte Unkraut. Einen Moment lang glaubte ich, sie würde pinkeln, was mir einen gehörigen Schreck einjagte.

»Ginko!«

Auf mein Rufen von der Veranda hin drehte sie sich um und wischte sich gleichzeitig den Schweiß von der Stirn. Als sie den hinter mir stehenden Fujita sah, kam sie herbeigeschlurft.

»Wir haben Besuch.«

Die beiden sahen sich an. Ich trat einen Schritt zurück und machte sie miteinander bekannt.

»Fujita-kun. Ginko-san.«

»Hallo. Entschuldigung, dass ich hier so reinplatze.«

»Guten Tag, es freut mich, dass Chizu-chan einen Freund gefunden hat.«

»Nein, nein, die Freude ist meinerseits.«

»Wollen wir Tee trinken?«

Wir guckten das Mittagsmagazin, das gerade angefangen hatte, und tranken dabei kalten grünen Tee. Wenn drei Leute, die nicht wissen, wie man eine Konversation belebt, zusammensitzen, wiegt die Stille umso schwerer. Als das Miniquiz *Welcher Tag ist heute?* vorbei war, stand Ginko auf.

»Soll ich ein paar Nudeln machen?«

»Au ja.«

»Und was ist mit dir?«

»Ja, sehr gerne«, erwiderte Fujita in einem Ton, als ob es ihm egal sei.

Um zwei ging Ginko zum Tanzkurs. Sie trug einen altmodischen Hut mit einer großen weißen Kamelie auf dem Kopf, hatte eine Sonnenbrille aufgesetzt und sogar Handschuhe übergestreift. Fujita und ich stellten uns auf die Veranda und winkten ihr auf dem Bahnsteig zu.

»Ich möchte mal wissen, welche Schauspielerin früher mal so rumgelaufen ist?«

»Ist doch egal.«

»Sie legt sich in letzter Zeit ganz schön ins Zeug …«

»Wieso?«

»Ich glaub, sie ist verliebt. In so einen Tattergreis vom Tanzkurs. Sind im Herzen ganz schön jung.«

Ich winkte noch einmal, aber Ginko hatte das Gesicht gehoben und betrachtete das Dach oder die Oberleitungen oder den Himmel, jedenfalls irgendetwas, was von uns aus nicht zu sehen war.

»Ich bin müde«, sagte Fujita gähnend.

»Wollen wir uns hinlegen?«

»Ja, lass uns hinlegen.«

Nachdem ich mich vergewissert hatte, dass Ginko nicht mehr zur Veranda sah, nahm ich Fujita ein bisschen unterwürfig an die Hand und führte ihn in mein Zimmer. Fujita ließ einen argwöhnischen Blick über die Katzen auf der Leiste schweifen.

»Was ist das denn?«

»Omas Sammlung.«

»Wie im Büro des Direktors.«

»Die heißen alle Cherokee, sagt sie.«

»Was?«

»Die, die tot sind, heißen bei ihr alle Cherokee. Ganz schön verpeilt, oder?«

Ich hatte erst gedacht, in diesem Zimmer ginge gar nichts, aber hier schliefen wir zum ersten Mal miteinander.

Da ich lange keinen Sex mehr gehabt hatte, fühlte ich mich unbeholfen. War das alles so richtig, fragte ich mich ein ums andere Mal. Fujitas Haut war auch unter der Kleidung hell. Nachdem wir es vor den Katzen getan hatten, war es mir irgendwie unglaublich peinlich.

Als wir aufwachten, war es sechs Uhr abends. Ich ließ mich aus dem feuchtwarmen Futon auf die Tatami rollen und breitete, auf dem Rücken liegend, Arme und Beine aus, als ich zwischen dem Rattern der Züge jemanden in der Küche hantieren hörte. Ich rollte zum Fenster und sah zu, wie sich die im Garten untergehende Sonne verfärbte. Jedes Mal, wenn eine Bahn durchfuhr, roch es, schien mir, intensiver nach einer Mischung aus Beton und Grün.

»Wach auf.«

Zurück am Futon, legte ich Fujita die Hand auf den Rücken; er war heiß und verschwitzt. Ich strich ihm der Länge nach darüber, sein Schweiß benetzte meine Hand. Als ich ihm einen Klaps versetzte, wachte er auf; sein Gesicht war zerknittert.

»Wie spät ist es denn?«

»Sechs. Willst du was essen, bevor du gehst?«

»Nee, schon gut.«

»Hast du keinen Hunger?«

»Doch.«

»Ja, dann iss doch was. Ginko würde sich freuen.«

Wir zogen unsere auf dem Boden verstreuten Klamotten wieder an. Beide hatten wir verstrubbelte Haare. Als wir uns die Hände gewaschen hatten und in die Küche kamen, hatte Ginko einen Topf mit Kartoffeln, Möhren und Fleisch auf dem Herd.

»Oh! Kartoffel-Fleisch-Eintopf?«

»Curry. Junge Leute mögen doch Curry, oder?«

»Ich nicht so. Du?«

Ich sah mich um; Fujita kratzte sich am Nacken.

»Ich schon.«

»Können wir helfen?«

»Nein, nein. Macht's euch gemütlich, trinkt eine Tasse Tee.«

»Na gut. Dann lass uns Züge gucken.«

Ich goss kalten Gerstentee in Becher, packte Fujita am Handgelenk und nahm ihn mit auf die Veranda.

»Liegt gut, das Häuschen, oder? Man kann Züge gucken, so viel man will.«

»Ist das nicht zu laut?«

»Nö, an den Lärm hab ich mich schon gewöhnt. Außerdem ist es besser, eine gewisse Geräuschkulisse zu haben. In diesem Haus wenigstens. Wir wohnen hier ja nur zu zweit, die Oma und ich, und zu viel Stille macht mich verrückt.«

»Warum macht ihr in den Zaun da kein Loch? Der Weg vom Bahnhof geht doch bis da …«

»Schon …«

Fujita zog ein Päckchen Zigaretten aus der Tasche, legte sich auf die Veranda und zündete sich eine an.

»Warum arbeitest du eigentlich am Bahnhof, Fujita?«

»Weil ich Bahnhöfe mag.«

»Du magst Bahnhöfe?«

»Da ist halt was los.«

»Was los …? Naja, das stimmt … Und sonst?«

»Nichts sonst. Es gibt keinen besonderen Grund.«

»Und deine Arbeit macht Spaß?«

»Naja, geht so, würd ich sagen. Um Spaß geht's mir nicht.«

Lichter blitzten auf, ein Schnellzug fuhr durch. Er war nur spärlich besetzt. Die Fensterscheiben klirrten.

»Ich hab Hunger«, sagte Fujita und leerte seinen Becher.

Ginkos Curry war ziemlich scharf, fand ich. Obwohl alles andere, was sie kochte, lasch war, hatte es das Curry in sich. Gierig trank ich ein Glas Wasser nach dem nächsten. Meine Augen tränten; Schärfe vertrug ich nicht besonders gut.

Fujita ging gleich nach dem Abendessen nach Hause. Wie ich an der Tür gebeten hatte, kam er bis ganz hinten an den Bahnsteig und winkte. Es war ein Abschied, der darauf hoffen ließ, dass dies nicht der erste und letzte Abend gewesen sein würde. Beim Zurückwinken hatte ich das gute Gefühl, dass sich unter meinen Füßen Wärme ausbreitete. Selbst die neben mir winkende Ginko erschien mir komischerweise liebenswert.

Als ich am nächsten Tag von Fujitas Wohnung nach Hause kam, schwebte im Eingang ein gelber Luftballon. Darauf die Zeichnung eines Häschens.

»Wo kommt der denn her?«

Ich zog den Luftballon mit ins Wohnzimmer. Ginko hatte ihre Brille auf der Nase und las eine Illustrierte. Offenbar hatte sie ein bisschen gedöst, ihre Brille saß merkwürdig schief.

»Wo kommt denn der Luftballon her?«

»Ach, der Luftballon … Den hab ich von diesem neuen Supermarkt. Ich war zur Eröffnung. Da hab ich den gekriegt.«

»Wow. Haben die endlich aufgemacht. Schöner Luftballon!«

Barfuß stieg ich von der Veranda hinunter und lief, den Ballon im Schlepptau, eine Runde durch den Garten. Ich stolperte über einen Blumentopf, stieß einen übertrieben lauten Schrei aus und ließ mich an Ort und Stelle ins Unkraut fallen. Ich wollte in einer großen Wiese herumlaufen, nicht in einem so kleinen Garten. Und zu Ginko wollte ich auch ein bisschen netter sein.

»Soll ich nochmal hingehen?« rief ich im Liegen. Ich hörte sie irgendwas antworten.

»Was?«

»Brauchst du nicht, ich war schon.«

Ich machte eine Schulterbrücke und stützte mit den Händen mein Becken; Ginko stand auf der Veranda; es sah aus, als stünde sie auf dem Kopf.

»Deine Sachen werden ganz schmutzig.«

»Hast du beim Kaufen nichts vergessen?«

»Nein.«

»Ach so.«

Meine verquere Freundlichkeit schien nicht bei ihr anzukommen. Aber egal. Ich legte mich wieder auf den Rücken und schwenkte den Luftballon.

»Ungefähr da hab ich die Katzen begraben ...«

»WAS?«

Ich setzte mich halb auf; Ginko zeigte auf die Stelle, wo ich gelegen hatte, und beschrieb mit dem Finger einen Kreis. Notgedrungen wechselte ich den Platz.

Die Sonne brannte; meine auf der Erde ausgestreckten Arme und Beine schienen regelrecht zu knistern. Ich ließ die Ballonschnur los. Als ich die Augen schloss, spürte ich eine Ameise oder etwas anderes über meinen linken Arm krabbeln. Ich ließ es kitzeln.

An Allerseelen kam meine Mutter zurück.

Ich bin's, hörte ich eine bekannte Stimme und steckte meinen Kopf zur Veranda hinaus. *Was für eine Überraschung,* sagte Ginko, obwohl sie genau gewusst hatte, dass meine Mutter kommen würde. Ich warf ihr nur einen kurzen Blick und ein *Hallo* zu. *Tut mir leid, euch so zu überfallen,* sagte meine Mutter, ließ ihren Koffer im Garten stehen, zog die Schuhe aus, kam herein und ließ sich neben uns im Wohnzimmer nieder, wo wir gerade in Ruhe geschabtes Eis löffelten.

»Ist das heiß!«, sagte sie und spitzte gespielt jugendlich den Mund.

Die dargereichte Schale Eis nahm sie mit einem enthusiastischen »Dan-ke!« entgegen.

»Ginko-san, das ist ganz lieb, dass du dich um Chizu kümmerst.«

»Ich bitte dich, Chizu-chan ist mir eine große Hilfe. Außerdem schrubbt sie jeden Tag das Bad.«

»Was, wirklich? Dieser kleine Faulpelz?«

Meine Mutter überwies Ginko scheinbar heimlich Geld. Ginko hatte mich gebeten, ihr zu sagen, damit aufzuhören, aber ich hatte noch nichts gesagt. Sollte sie es doch nehmen, wenn sie es schon kriegte.

Die zwei benahmen sich so steif wie Fremde. Da sie sich ständig gegenseitig ins Wort fielen, wurde dauernd nachgefragt. *Wie?* Oder *Wie war das doch gleich?* Und aus irgendeinem Grund schien sich diese Steifheit auch auf mich und Ginko zu übertragen. Selbst das Anreichen der Teetasse wurde plötzlich zu einem Akt. Schließlich hatten auch wir uns, meine Mutter und ich, obwohl wir engste Familie waren, seit einer Ewigkeit nicht mehr gesehen, und da dauerte es eine Zeit, bis man wieder aufeinander eingespielt war.

Da die Atmosphäre zu dritt nun irgendwie unnatürlich steif war, machte meine Mutter – mit mir im Schlepptau – ziemlich schnell den Abflug.

Sie habe in Shinjuku ein Hotel gebucht. Da würden wir drei Tage bleiben. Vom Zimmer im vierzigsten Stockwerk konnte man zwar den Tokyo Tower sehen, aber nicht das Tokyoter Rathaus, das ich so gern mochte. Das Grün, das man tief unten sprießen sah, war wohl der Shinjuku-Park. Ich kannte von Tokyo noch so gut wie nichts. Das einzige, was ich kannte, war der Stadtteil, in dem Ginkos Haus stand, den Bahnhof Sasazuka und die Festsäle verschiedener

Hotels beziehungsweise Firmen.

Die weißen Laken waren frisch gestärkt, das Bad und die Toilette die Reinlichkeit par excellence. Wie in einem sterilen Raum; ich fühlte mich wohl. Eine Welt frei von Knatsch, Katzenhaar und Schimmel. Wie schön es wäre, wenn ich hier alleine übernachten könnte.

Wir gingen zum Kuchenbuffet in der Lounge. Es gab unter anderem Käsekuchen, Erdbeertorte mit Schokolade, Crème bavaroise, Kekse mit Trockenobst und sogar mehrere Sorten Eis, wovon ein ansprechender Kellner uns eine Auswahl anrichtete.

Meine Mutter hatte neben ihrem Kuchen acht Sorten Eis auf dem Teller, die sie – jede für sich – mit einem seligen Lächeln im Gesicht probierte. Sie hatte ihre Frisur geändert. Sie trug eine merkwürdige Dauerwelle, eine Art Korkenzieherlocken, um jünger auszusehen wahrscheinlich. Ich machte mich darauf gefasst, bald Eis aufgedrängt zu bekommen.

Bist erwachsener geworden, sagte sie beim Essen, so wohlmeinend wie ein entfernter Verwandter. Und fügte hinzu: *Jetzt heb doch mal die Mundwinkel.* Oder: *Bald siehst du noch freudloser aus.* Oder: *Freunde hast du wohl keine, oder?* Das machte mich sofort mundtot. Je älter ich wurde, desto weniger schien ich ihr entgegenzusetzen haben.

»Und? Alles klar?«

»Ja.«

»Lernst du?«

»Nein. Wie kommst du darauf?«

»Du hast zugelegt.«

»Ja.«

Meine Mutter hatte etwas abgenommen. Ihre Gesichtszüge waren strenger als vorher.

»Und wie ist es in China? Macht's Spaß?«

»Ja, schon. Es ist … anregend.«

»*Ni hao.*«

»Nein. *Nǐ hǎo*«, verbesserte mich meine Mutter.

Um uns herum saßen nur Frauen. Sie redeten in einer Tour. Ich hätte zu gern gewusst, wie sie es schafften, die Gespäche nicht abreißen zu lassen. Bei meiner Mutter und mir gab es keine lustigen Geschichten von früher oder Themen, die uns beide interessierten und über die wir uns hätten angeregt unterhalten können.

»Du hättest doch auch bei Ginko übernachten können.«

»Na hör mal, erstens kann ich nicht einfach über ihr Haus verfügen. Und zweitens fällst du ihr schon zur Last, das reicht.«

»Warum hast du dann ein Zimmer für uns beide gebucht? Das ist Geldverschwendung.«

»Weil ich dachte, dass du vielleicht auch gerne ab und zu ein bisschen Luxus hättest.«

»Das Packen ist lästig.«

Der Blick meiner Mutter wurde argwöhnisch. Das erinnerte mich an früher.

»Willst du nicht doch an die Uni?«

»Nein. Was soll ich da? Ist eh zu spät.«

»Es ist doch nicht zu spät. Aber du hast nun lang genug herumgebummelt. Wie wäre es, wenn du dich jetzt mal zu etwas aufraffen würdest?«

»Fängt das schon wieder an ...?«

»Du hängst jeden Tag herum?«

»Nein, ich arbeite.«

»Wo?«

»Ausschank und Kiosk.«

»Bitte?«

»Als Hostess und in einem Bahnhofskiosk. Im Bahnhof von Sasazuka. Kennst du den?«

Hmhm, erwiderte meine Mutter; es klang wie ein Seufzer.

»Nichts Anrüchiges. Außerdem verdien ich etwa 100.000 Yen im Monat«, hatte ich angeben wollen, aber in dem Moment, als ich es sagte, bereute ich es schon. Vor meiner Mutter kam mir alles, was ich besaß, nichtig vor.

»Hör mal, es wäre wirklich besser, du würdest an die Uni gehen. Wenn du es irgendwann bereust, ist es zu spät.«

»Das wäre rausgeschmissenes Geld. Ich meine, wenn ich ginge, obwohl es mich nicht interessiert. Man muss heutzutage nicht unbedingt studieren.«

»Das kann schon sein, aber ...«

»Mann, ich hab keinen Bock aufs Lernen. Ich will arbeiten. Ich will für meinen Lebensunterhalt selbst aufkommen.«

»Darum geht es nicht. Es gibt Leute, die sagen, ach guck an, alleinerziehende Mutter und kann der Tochter das Studium nicht finanzieren ...«, sagte meine Mutter wie beleidigt.

»Was? So was gibt's noch?«, platzte ich heraus.

»Natürlich, was denkst du denn?«

»Wenn wir uns doch einig sind, ist doch alles okay. Was kümmern dich die anderen? In Wirklichkeit ist es dir doch total egal, du wolltest es mir nur einmal gesagt haben, so als pflichtbewusste Mutter …!«

»Warum drehst du mir alles im Munde herum?«, fragte sie und starrte mich an, während sie mit ihrem Löffel im Eis herumstocherte, das zum größten Teil geschmolzen war. Ich starrte zurück, willens, ihr Paroli zu bieten, aber mein Blick verging in ihrem wie ein Stück Zeitungspapier, das man angezündet hat. Schließlich machte meine Mutter den Mund auf, nicht mit Pomp, sondern eher gequält: »Wie soll ich sagen … was du letztendlich machst, ist mir egal, aber mach was Vernünftiges, hörst du.«

Ja, ja, nickte ich und stand auf, um zur Theke mit den chinesischen Snacks zu gehen, die in der Ecke der Lounge stand.

Was sollte das sein, etwas Vernünftiges? Zur Schule gehen oder in einer Firma arbeiten? Meine Mutter konnte es wohl auch nicht richtig in Worte fassen, aber durch diese Vagheit fühlte ich mich umgekehrt irgendwie durchschaut, und das ärgerte mich. *Und du? Was ist mit dir?* hätte ich am liebsten zurückgeschossen.

Als ich vor dem dampfenden Kessel mit den Dämpfkörben obenauf stand und mich umdrehte, hatte sich meine Mutter am anderen Ende gemütlich in die Tiefen des Sofas versenkt, ließ die Beine baumeln und sah herüber.

Hastig drehte ich mich wieder um und lud mir mit einer Zange mehr gefüllte Teigtaschen auf, als ich würde essen können.

Am Abend breitete ich das Frotteetaschentuch, das Fujita bei mir vergessen hatte, über das Kissen und legte mich hin. Es roch schweißsauer.

»Was hast du da?« fragte meine Mutter mit ausdrucksloser Miene: Sie hatte eine grüne Gesichtspackung aufgetragen.

»Beruhigt mich.«

»Als du klein warst, hast du auch immer dein Lieblingshandtuch mit dir herumgetragen. Weißt du noch? Das mit dem Koalabären drauf ...«

»Das machen ja wohl alle kleinen Kinder«, rutschte es mir schroffer als beabsichtigt heraus. Sachen erzählt zu bekommen, an die ich mich nicht erinnern konnte, regte mich nur auf.

»Hab ich dir was getan?«

Unangenehmes Schweigen. Unser Verhältnis hatte sich vielleicht verschlechtert. Ich überlegte, ob ich mich entschuldigen sollte. Aber ich wusste nicht, wofür. Ich zog mir die Bettdecke über den Kopf, so dass ich meine Mutter nicht mehr sehen konnte.

Wie lange war es her, dass wir zusammen in einem Zimmer geschlafen hatten? Als das Licht aus war, sagte niemand mehr ein Wort. Ich versuchte, aus meinem Gedächtnis nur die schönen Erinnerungen an meine Mutter hervorzukramen. Das Nähen an einem Regentag, eine nächtliche Spritztour, ein Picknick auf der Veranda und so weiter.

Ich brauchte diese Erinnerungen bloß zu streifen, um sofort an Geld denken zu müssen. Das stand mir sofort um ein Vielfaches klarer vor Augen als alles andere. Wie viel Geld hatte sie in mich investieren müssen, von Geburt an? Für die Grund-, die Mittel- und die Oberschule, für Essen, Kleidung, Reisen. Und wann würde ich in der Lage sein, diese Unsummen zurückzuzahlen? Mein Herz wurde schwer. Ich hatte das Gefühl, erst dann das Recht zu haben, meine Mutter zu kritisieren, wenn ich dieses Geld auf Heller und Pfennig zurückgezahlt hatte. Mehr denn dankbar fühlte ich mich meiner Mutter gegenüber schuldig.

Auch wenn das gleiche Blut durch unsere Adern floss, im Herzen waren wir grundverschieden.

Schon in der Pubertät hatte ich die Jugendlichkeit und das Vertraulich-Tun meiner Mutter gehasst. Nicht das Nicht-Verstanden-Werden hatte mich gestört, sondern das Verstanden-Werden. Um unser Leben zu zweit nicht zu bedrückend werden zu lassen, hatte meine Mutter wohl versucht, mir wie eine Freundin zu sein, konnte dem aber aus Müdigkeit und aus Anpassung an gesellschaftliche Zwänge nicht immer gerecht werden und schwebte irgendwo dazwischen, was mir peinlich war.

Vom Bett nebenan war immer noch kein regelmäßiges Atmen zu hören. Wie um die Wette lagen wir beide wortlos wach.

Am Nachmittag des zweiten Tages gingen wir shoppen. Das war vergleichsweise entspannt. Meine Mutter kaufte mir ein Paar Sandalen. Auf dem linken hatten sie eine Taube, auf dem rechten ein Blatt. Nach dem Abendessen lud sie mich in die Bar im obersten Stockwerk des Hotels ein. Ich war überrascht. Dass meine Mutter in eine Bar würde gehen wollen, hätte ich nicht gedacht.

Wir bestellten farbenfrohe Cocktails. Meine Mutter schaute auf die nächtliche Stadt; im Profil fiel auf, wie stark sie geschminkt war. Ich sah ihr Altsein, ein etwas anderes Altsein als das von Ginko. Ich wünschte mich weit weg.

»Du bist alt geworden, Mama.«

»Kinder zu haben ist nicht so einfach«, seufzte sie daraufhin wie resigniert.

»Was meinst du damit? Mich?«

Meine Mutter antwortete nicht.

Jenseits des Fensters leuchteten die grellen Neonlichter des Ostausgangs der Station Shinjuku. Darüber spiegelten sich unsere Gesichter. Beide hatten wir einen leichten Ansatz zu Pausbäckchen. Meine Mutter sah erschöpft und irgendwie gelangweilt aus, was ich auf mich zurückführte.

»Wenn du ehrlich bist, willst du zurück, oder?«

»Wohin?«, fragte meine Mutter genervt zurück, das Kinn auf die Hände gestützt. Der an den Spitzen abgeblätterte Nagellack ihrer in die Wangen gebohrten Finger sah verboten aus. Als wir noch zusammen wohnten, hatte sie nie Nagellack getragen. Und wenn sie schon welchen trug, sollte er gefälligst gepflegt aussehen. Aus Tochtersicht, hatte ich das Gefühl, war sie schon immer weit vom Ideal entfernt gewesen. Aber ebenso weit war wahrscheinlich ich von ihrem Bild einer idealen Tochter entfernt.

»Zurück nach China.«

»Nein.«

»Okay. Nach Japan?«

»Nein.«

»Also was denn nun? China oder Japan?«

»Weder noch …«

»Beides schlecht?«

»Beides lala.«

Meine Mutter war siebenundvierzig und sah, wie ich fand, von weitem noch ganz passabel aus. Ob sie keinen Freund hatte? Oder sich manchmal einsam fühlte?

An dem Tag, als sie zurück nach China fuhr, gingen wir in Shinjuku Ost zu zweit ins Kino. Der Film war langweilig, und meine Mutter wegen der mittsommerlichen Helligkeit und der vielen Leute schlecht gelaunt. Auf dem Weg zur Station kaufte sie bei Takano einen Präsentkorb mit Obst. Den sollte ich Ginko mitnehmen. *Sieht aus wie eine Altargabe*, sagte ich, was ihre Laune vollends ruinierte.

Meine Mutter, die ihren großen Koffer mit einer Hand durch die Sperre schob und dann geradeaus davonging, war eine gestandene Frau, die mir völlig fremd geworden war. Ihre Fingernägel waren sauber lackiert. *Wann hat sie das denn gemacht?* dachte ich. Erst beim Abschied, als ich ihre Hand, die meine drücken wollte, mit einem Lachen wegschlug, war es mir aufgefallen.

Auch wenn meine Mutter mehrfach fragte, wie es denn so liefe, von Fujita erzählte ich nichts. Dabei hatte ihr Interesse wahrscheinlich genau diesem Punkt gegolten. Aber ihr dann irgendwann mitteilen zu müssen, dass es *aus* war, widerstrebte mir. Als dickfällig oder naiv betrachtet zu werden, machte mir nichts aus, aber für bemitleidenswert gehalten zu werden, das wollte ich vermeiden.

Ich lud Fujita zu uns ein, und nach langer Zeit saßen wir wieder einmal zu dritt um den Tisch.

»Ist deine Mutter schon wieder weg?«, fragte Ginko, während sie die Reisschalen füllte.

»Sie wollte sich mit ein paar hiesigen Kollegen auf der Ginza treffen, bevor sie heute abend in den Flieger steigt.«

»Auf der Ginza … nicht schlecht!«

»Sag mal, Ginko, fährst du nie nach Sugamo oder Ueno? Dem Mekka der Alten?«

»Da sind mir zu viele Leute, das mag ich nicht.«

»Lass und demnächst doch mal zusammen hinfahren. Du kommst auch mit, oder?«, sah ich Fujita an, der seine Misosuppe schlürfte. Damit war das Gespräch beendet. Unser Abendessen war wie ein still und friedlich daliegender See.

Auf einen Schlag wurde es kühler.

Der Sommer ging seinem Ende entgegen.

Fujita, Ginko, Herr Hosuke und ich veranstalteten zu viert im Garten ein Feuerwerk. Fujita und ich hielten Wunderkerzen in beiden Händen und tanzten wie wild durch den Garten. Die älteren Herrschaften versuchten sich an jeweils einer, und das war's. Als wir nichts mehr zum Anzünden hatten und uns zum Biertrinken gemütlich auf der Veranda niedergelassen hatten, ging ich, um Nachschub zu holen, in die Küche. Auf dem Tisch lag Opa Hosukes Herrenhandtasche. Der Reißverschluss war offen, die Hälfte des Inhalts ragte heraus. Auch ein flüchtiger Blick in die Tasche hinein förderte nichts Besonderes zutage. Sein Hausschlüssel mit einem Glücksbringer daran, ein zerknülltes Taschentuch, ein schwarzes Portemonnaie, ein in das Papier eines Buchladens eingeschlagenes Taschenbuch, *Jintan*-Kräuterpastillen und zwei Bonbons. Zum Mitnehmen kamen nur die Pastillen in Frage; mitsamt Dose ließ ich sie in meiner Tasche verschwinden.

Die drei auf der Veranda saßen da und betrachteten schweigend den Garten. Ob sie wohl, wenn ich nicht da wäre, ewig so dasitzen und schweigen würden? Ohne einen einzigen Gedanken daran zu verschwenden, was in den anderen vorgehen mochte?

»Wer möchte noch Bier?«

Fujita schnappte sich eine Flasche und schenkte sich nach. Ich füllte auch mein Glas bis zum Rand und ging hinunter in den Garten.

Ich sah auf, der Mond stand hoch. Mit einem lauten »aah« breitete ich die Arme aus. Das Bier schwappte über und floss mir über die Hand.

»Jetzt ist der Sommer bald vorbei.«

Als ich mich umdrehte, waren drei Augenpaare auf

mich gerichtet. Ich musste lachen. Und je mehr ich lachte, desto komischer wurde mir zumute. Aber offenbar war ich die einzige, die so gut gelaunt war.

Fujita legte sich der Länge nach hin und fing an, an seinem Handy herumzuspielen. Opa Hosuke rüstete zum Aufbruch, Ginko half ihm dabei.

Außer Zikaden zirpte noch etwas anderes. Grillen oder Singgrillen, ich wusste nicht, inwiefern die sich unterschieden.

Herbst

Ich sollte mit Opa Hosuke und Ginko abendessen gehen. Große Lust hatte ich nicht.

»Weißt du was, ich bleib zu Haus.«

»Ach was, komm mit. Wir brauchen ein bisschen Jungvolk. Immer nur die Alten unter sich, das ist nichts …«

»Flaute?«

»In unserer Beziehung, anders als bei euch jungen Leuten, gibt es kein solches Auf und Ab.«

Wir waren mit Opa Hosuke an seiner Station verabredet. Ginko und ich gingen bis zum Ende des Bahnsteigs und besahen uns unser Häuschen. Im weißen Licht der Straßenlaterne sah das kleine, einstöckige Häuschen armselig aus. Die Kamelie, seine einzige Pracht, blühte noch nicht.

»Sieht irgendwie verlassen aus, das Häuschen. Wenn kein Licht an ist, könnte man glatt meinen, da wohnt keiner.«

»Findest du …?«

»Da wohnen wir …«

»Genau.«

»Gefällt's dir?«

»Ja. Ich wohn da schließlich schon mein ganzes Leben. Da entwickelt man eine gewisse Zuneigung. Sag mal, hast du eigentlich die Katzen reingeholt?«

»Ja, alle beide. Zusammen mit der Wäsche.«

Die Bahn fuhr ein; der trockene Windstoß machte Ginko ein bisschen wanken.

Opa Hosuke wartete an der Sperre. Ginko und er gingen los, wobei sie sich darüber unterhielten, dass wohl ein Taifun im Anmarsch sei. Die Hände hinten in den Hosentaschen vergraben folgte ich ihnen. Mitte September war vorbei, aber da es tagsüber immer noch heiß war, trug ich ein kurzärmeliges Oberteil. Abends war der Wind allerdings schon recht frisch. Opa Hosukes Bahnhof war genau so trist wie unserer. Obwohl der Weg am Bahnsteig entlang von sternförmigen Straßenlaternen gesäumt war, herrschte trübe Dunkelheit. Ich warf einen Blick in den Supermarkt vor dem Bahnhof, sowohl das Personal als auch die Kunden hatten irgendwie leere Blicke. Ob Ginko nach dem Abendessen mit zu ihm gehen würde? Und ich mit einem ebensolchen Blick alleine in der Bahn sitzen und nach Hause fahren würde?

Das Restaurant Kotoya, das den beiden so gefiel, lag um die Ecke vom Supermarkt. Es befand sich über einem *soba*-Nudelrestaurant. Die Treppe schien für ältere Leute nicht ungefährlich zu sein, vorsichtig stiegen Ginko und Opa Hosuke sie hinauf. Ginko hielt sich mit der rechten Hand am Geländer, mit der linken an Opa Hosukes dünnem Pullover fest.

Da es noch früh am Abend war, war das Restaurant leer.

»Ach«, sagte die Wirtin, die schätzungsweise gut fünfzig war, in freundschaftlichem Ton zu Opa Hosuke, »Ihre

Enkelin?«

»Keineswegs«, erwiderte der mit fester Stimme. Ich streckte die Brust heraus und sagte: »Ich bin ... die Freundin einer Freundin.«

Die Wirtin ging auf meine Worte nicht ein, man kam gleich zum Thema Essen. Trotzig beschloss ich, Opa Hosuke nach Herzenslust zu schröpfen und schlug mir, wie es sich für Jungvolk gehört, den Bauch gehörig voll. Dazu genehmigte ich mir fünfmal Pflaumenwein von einer exklusiven Marke. Ginko trank einen Schnaps, der, wie sie sagte, nach Schokopuffs schmecke. Ich probierte einen Schluck, aber mir zog sich nur der Mund zusammen.

Mit einem kurzen Seitenblick auf Ginko und Opa Hosuke, die sich eine Kohlroulade teilten, langte ich wortlos zu. In schwarzem Reisessig geschmorte Kalbshaxe. Mailänder Kotelett. Bratkartoffeln mit Speck und Zwiebeln. Auf einem Bambusblatt angerichtete Sushi mit marinierter Makrele. Orangensorbet. »Die Jugend hat einen gesegneten Appetit«, freute sich die Wirtin beim Abräumen der leeren Teller. »Ich bin ja auch jung«, erwiderte ich.

Opa Hosuke brachte uns zum Bahnhof. Mit einem *Gute Nacht* verschiedeten wir uns. Vom Bahnsteig aus sahen wir ihn in einer Seitengasse verschwinden.

»Du gehst nicht mit zu ihm ...?«

»Natürlich nicht! Um diese Zeit!«

Die Bahnhofsuhr zeigte zwanzig nach acht.

»Ist das normal?«

»Was?«

»Bei älteren Paaren?«

»Hängt wahrscheinlich vom Paar ab, oder nicht?«

»Geht ihr nicht mal in ein Hotel? An der alten Hauptstraße gibt's doch eins. Das mit der Ente im Eingang. Das sieht doch ganz stylish aus. Wär das nicht was für euch?«

»Wir gehen nicht in Hotels«, sagte Ginko und lachte ein bisschen. Auf der Stirn hatte sie drei tiefe Falten, unter den Augen dunkle Tränensäcke. Von der Nase zu den Mundwinkeln liefen zwei wie mit einem spitzen Bleistift gezogene dünne Falten. Die wurden, wenn sie lachte, noch tiefer. Ihr Anblick war irgendwie so mitleiderregend, dass ich wegsah.

Noch in derselben Nacht begann es zu regnen. Ein Taifun zog auf. Der Wind wurde stärker, die Regentüren klapperten, als wollten sie wegfliegen.

Mitten in der Nacht wurde mir schlecht, ich erbrach alles, was ich gegessen hatte. Mit jeder Böe würgte ich übertrieben laut etwas heraus. Diese Anpassung an den Rhythmus des Sturms kam mir selber komisch vor. Tränen und Rotz vermengten sich mit dem Erbrochenen.

Ich musste mir an der Makrele oder irgendetwas anderem den Magen verdorben haben. Zwei Tage war ich außer Gefecht gesetzt.

Ginko schien das nicht zu stören.

Auch im Herbst trafen Fujita und ich uns weiterhin.

Starke Stimmungsschwankungen, wie auf einmal ganz heiß oder auf einmal ganz kalt, gab es bei ihm nicht. In der Beziehung waren wir uns ziemlich ähnlich, dachte ich, und bekam allmählich das Gefühl, genauso glücklich zu sein wie die Paare, die ich auf der Straße sah.

Wir trafen uns nach der Arbeit, aßen bei Ginko zu Mittag und hingen zusammen ab. Ich achtete darauf, nicht zu viel Gefühl in den Blick zu legen, mit dem ich ihn ansah. Ich berührte ihn nicht zärtlich, sondern möglichst kühl. Neulich habe ich seine Zigaretten geklaut. Er hielt in meinem Zimmer einen Mittagsschlaf, und da gönnte ich mir gleich die ganze Schachtel, die in der abgewrackten Hose steckte, die er ausgezogen hatte. Er rauchte *Hope Menthol*. Das Grün, sagte er, gefalle ihm.

»Hast du meine Zigaretten gesehen?«, war das Erste, was er fragte, als er wieder wach wurde.

»Ne, wieso?«

»Weil sie weg sind.«

»Vielleicht sind sie dir irgendwo aus der Tasche gefallen?«

Ob er was gemerkt hatte? Er sagte nichts. Ich hockte am Fenster und musterte ihn; da sich seine Miene nicht aufhellte, sagte ich *komm*, woraufhin er sich die Decke über den nackten Körper zog und herkrabbelte. Zu zweit sahen wir ein paar Bahnen nach.

»Wenn eine Bahn durchfährt, spürt man den Wind bis hierhin, oder?«

»Findest du?«

»Manchmal bin ich total neidisch auf die Leute in der Bahn. Darauf, dass sie irgendwo hinmüssen. Ich fahre immer nur nach Sasazuka.«

»Du kannst mit der Bahn doch überall hinfahren.«

»Ja, ich weiß, aber … okay, fährst du irgendwo mit mir hin?«

»Wohin?«

»In die Berge.«

»In die Berge?«

»Zum Takao oder so.«

»Ne, da isses mir zu heiß.«

»Hast recht, ist wahrscheinlich heiß … so nah an der Sonne …«

Fujita erwiderte nichts.

Auf dem Pfad hinter dem Zaun lärmten Kinder mit gelben Mützen, ABC-Schützen. *Sackgasse*, krakeelten sie. Eines der Kinder fing an, am Zaun zu rütteln, die anderen machten sofort mit. Durch das grüne Blattwerk sah man ihre kleinen runden Hände auf- und wieder abtauchen.

»Ob die durch den Zaun wollen?«

»Klar. Ich hab dir doch neulich schon gesagt, es wäre gut, da einen Durchgang zu machen, weil der Weg zum Bahnhof dann viel kürzer wär.«

»Ja schon …«

»Komm, ich mach einen.«

Fujita richtete sich halb auf und griff nach seinen Klamotten, die neben dem Futon lagen. Ich war perplex.

»Aber wenn der Zaun da schon seit ewigen Zeiten steht, dann steht er da sicher nicht umsonst. Vielleicht will Ginko genau *da* einen haben …?«

»Du denkst zu viel.«

Seine Stimme hatte einen Klang, den sie sonst nicht hatte. Sie hörte sich ein bisschen an wie meine, wenn ich Ginko triezte, was mir einen Schauer über den Rücken jagte.

»Quatsch.«

Fujita sah mich wortlos an. »Du doch auch«, fügte ich schnell hinzu.

Er gähnte herzhaft. Dann mummelte er sich wieder in die Decke und sah erneut zum Zaun. Die Kinder liefen alle zusammen in Richtung Bahnhof; offenbar hatten sie ihren Versuch, durch den Zaun zu steigen, aufgegeben.

Nachdem wir eine Weile geschwiegen hatten, nahm ich mich zusammen und fragte so locker wie immer: »Bleibst du zum Abendessen?«

»Klar.«

»Super. Du könntest eigentlich langsam bei uns einziehen. Deine Wohnung aufgeben ...«

Fujita kniff mir in den Oberschenkel.

Es war nicht mehr lange bis zum Abendrot.

Ich begann, häufiger etwas von seinen Sachen mitgehen zu lassen.

Das heißt, da Fujita zu den Leuten gehörte, die nicht so viel mit sich herumtrugen, mopste ich irgendwelche Kleinigkeiten, wenn ich bei ihm war. Zum Beispiel eines von diesen Spielzeugautos, die man beim Kauf von Dosenkaffee dazubekommt, einen Schlüsselanhänger, einen fetten Ring, eine Unterhose und so weiter. Nahm sie mit nach

Hause, sah sie mir ausgiebig an und verstaute sie dann in der Schuhschachtel. Bei der Gelegenheit nahm ich die Dinge, die schon in der Schachtel lagen, wie zur Totenandacht heraus und gedachte ihrer ehemaligen Besitzer.

Die Sportkappe des Jungen, der der Star unserer Klasse gewesen war. Das Haargummi mit Blume von dem Mädchen, das vor mir gesessen hatte. Der Rotstift des Mathelehrers, in den ich verknallt gewesen war. Die Postwurfsendung an unseren Nachbarn, die fälschlicherweise in unserem Briefkasten gelandet war. Ein zerknülltes Taschentuch. Darin kam, als ich es auseinanderfaltete, ein kurzes Haar zum Vorschein. Das war von Shohei. Ich hatte es ihm, als er schlief, mit der Schere abgeschnitten und mit nach Hause genommen. Im Gegensatz zu Fujitas Haar war es pechschwarz und gewellt. Ich fasste es an beiden Enden und zog; ohne einen Laut riss es in der Mitte durch.

Ich beugte mich über die Schachtel und sog ihren Geruch ein.

Die Dinge, die darin lagen, wurden von Jahr zu Jahr blasser und verloren ihren Eigengeruch. Ob ich mich verändert hatte?

»Sag mal, Ginko, findest du, dass ich erwachsener geworden bin, seit ich hier wohne?«

»Du? Erwachsener? Ich finde nicht, dass du dich groß verändert hast. Aber du wohnst ja auch erst ein halbes Jahr hier.«

»Was? Du meinst, ich hätte mich null verändert?«

»Weißt du, wir Alten kennen uns mit euch Jungen nicht so aus.«

»Ja, für mich seht ihr Omis auch alle gleich aus. Weißt du noch, wie alt du bist? Ich vergesse manchmal, wie alt ich bin.«

»Also, mein Alter weiß ich noch.«

»Aha. Und – wie alt?«

»Einundsiebzig.«

»Und – bist du für dein Alter jung oder alt?«

»Eher jung ... oder?«

»Hmhm ...«

Ich werde nächstes Jahr einundzwanzig. Sie lebte schon fünfzig Jahre länger als ich. Aber was sich in diesen fünfzig Jahren alles zugetragen hat, werde ich wohl nie erfahren.

Ich fuhr mit Fujita zum Takao-san. Da es für die Herbstfärbung noch ein bisschen früh war, war nicht allzu viel los. Wir bestiegen den Berg, genossen die herrliche Luft, aßen am Bahnhof Soba mit geriebener Yamswurzel und fuhren wieder nach Hause. Fujita war, ohne etwas zu erzählen, so schnell aufgestiegen, dass ich Mühe gehabt hatte zu folgen.

»Können wir nicht ein bisschen langsamer gehen?«, hatte ich ihn außer Atem gebeten. 'Tschuldige, hatte er gesagt, mich einen Moment lang komisch angesehen und meine Hand genommen.

In der Bahn streckten wir die Beine aus – wir hatten die gleichen Sneaker an –, knabberten Schokosticks und wechselten dann und wann ein paar Worte.

Als wir am Bahnhof Tsutsujigaoka die Durchfahrt eines Expresszuges abwarteten, hörten wir einen Aufprall, danach zischte es ein paarmal dumpf, und der Express kam zum Stehen. Die Leute in unserer Bahn gerieten in Aufruhr.

Als wir ausstiegen, lief gerade ein Bahnangestellter nach dem anderen zum Ende des Bahnsteigs. Sie stiegen aufs Gleis hinunter und sahen unter den Wagen. Der Expresszug stand kurz vor dem Ende des Bahnsteigs. Die meisten der Leute, die mit uns auf die Durchfahrt des Express' gewartet hatten, waren ausgestiegen und sahen dem Treiben wortlos zu.

»Das kann dauern …«, sagte Fujita. Er schien ziemlich desinteressiert.

»So'n Mist! Ist da einer gesprungen? Hast du so was schon mal gesehen?«

»Nö.«

»Ob der tot ist?«

»Wahrscheinlich.«

Ich wäre gerne näher herangegangen. Ich wollte wissen, was passiert war und wie der Tote aussah.

»Lass uns zu Fuß gehen.«

Fujita zupfte mich am Ärmel. Wir nahmen uns an der Hand. Seine war, wie immer, beruhigend warm.

Neben der Treppe, die zur Sperre hinunterführte, entdeckte ich auf dem Boden etwas, das wie ein herbstlich verfärbtes Blatt anmutete. Da ich schlechte Augen habe, konnte ich es nicht genau erkennen, aber es sah aus wie Blut oder ein Stückchen Fleisch.

Ich zeigte mit dem Finger darauf. Fujita gab einen angewiderten Laut von sich und blieb stehen. Für eine Weile war ich unfähig, den Blick von diesem roten Etwas abzuwenden.

»Boah, so will man nicht sterben, oder …«

»Ich sterbe nicht.«

»Schon, aber der Tod rückt immer näher.«

»Komm … zu uns hat der noch nen langen Weg.«

»Ja schon … aber man weiß doch nicht, wann man stirbt. Du stirbst vielleicht, ohne dass du was machst.«

»Ja und?«

Auf diese Erwiderung fiel mir nichts mehr ein.

Bei Ginko gab es, wie für Opa Hosuke, jetzt auch ein Paar Stäbchen für Fujita; sie waren aquamarin.

Warum war ich eigentlich noch mit ihm zusammen, wenn er sich gar nicht mehr richtig freute, wenn er mich am Bahnhof sah.

Ich hatte das Gefühl, auch wenn ich es mir nicht eingestehen wollte, dass ich mich wieder in demselben Muster verfing. In seinem Verhalten mir gegenüber ähnelte Fujita manchmal Shohei. In dem, was er sagte, wenn ich ihn beim Lesen störte, oder dass er nie Anstalten machte, sich meinem Tempo anzupassen.

Ich hingegen konnte meinen Blick nach wie vor nicht von ihm lassen, wenn er in seinem gutsitzenden, jetzt im Herbst braunen Anzug seiner Arbeit nachging oder den abfahrenden Zügen hinterhersah. Von mir aus, dachte ich, könnte alles so bleiben, sogar die schmutzigen Nägel seiner Füße, die er zu Hause ungeniert von sich streckte, oder die genervten Blicke, die er mir zuwarf.

»Hör mal, Ginko«, sagte ich, wobei ich das *hör mal* besonders betonte. »Wärst du so nett, mein Gesichtswasser *nicht* zu benutzen?«

Ginko hob die Augenbrauen, sah mich verständnislos an und fragte: »Wie?«

»Das ist für junge Frauen, verstehst du. Bei alten wirkt es nicht.«

»Was? Wovon ist die Rede?«

»Von meinem Gesichtswasser, *davon* ist die Rede. Mein Gesichtswasser, das im Bad steht. Es ist teuer, also lass bitte die Finger davon. Als ich eben nachgeschaut hab, war nur noch so wenig drin«, sagte ich und zeigte mit Daumen und Zeigefinger eine Höhe von circa fünf Zentimetern an. Das war zwar ein bisschen übertrieben, aber egal.

»So viel hab ich nicht benutzt«, stellte sie sich blöd, dachte ich, setzte mich mit einem »Aha« auf die Veranda und begann, mir die Nägel zu schneiden.

Sich auf sie einzuschießen wäre zu einfach. Ihre körperliche Verfassung schien nicht besonders gut, sie war schmal und sah nicht so aus, als ob sie laut werden könnte, sie fertigzumachen, wäre ein Leichtes. Wahrscheinlich könnte ich sie sogar niederreden und zum Heulen bringen.

In letzter Zeit regte sich in mir immer häufiger der Zweifel, ob sie diese latente Wut nicht absichtlich übersah. Wenn ich sah, wie sie versuchte, alles auszusitzen, ohne auf meine Sticheleien überhaupt einzugehen, kam mir erst recht die Galle hoch.

Allein daraus, dass sie kräftemäßig nicht gegen mich ankommen konnte, schöpfte ich letztlich wieder Selbstvertrauen. Dieses Selbstvertrauen stand im umgekehrten Verhältnis zu meinem mangelnden Selbstvertrauen Fujita gegenüber, es würde, schien mir, wenn ich nichts dagegen unternahm, immer aggressiver, und Ginko, bildete ich mir ein, würde verschwinden, weshalb ich all die schier endlosen Gemeinheiten, die sich Bahn brechen wollten, ganz bewusst wieder hinunterschluckte.

Ob ich zuerst ausziehen würde, ob ob Ginko zuerst sterben würde – das eine wie das andere war nicht mehr Jahre hin. Und bis zu diesem Punkt wollte ich ein gutes Verhältnis zu ihr haben.

Der Abschied sollte, wenn möglich, sanft und natürlich erfolgen.

In Sasazuka gesellte sich ein Mädchen zu den Bahnhofsordnern.

Schon als ich sie das erste Mal sah, war mir unbehaglich. *Das musste ja so kommen,* dachte ich. Sie war flott und machte keine Bewegung zu viel. Als sich unsere Blicke trafen, kam sie extra an den Kiosk und begrüßte mich: »Ich heiße Itoii. Freut mich.«

Sie hatte den Blick eines zutraulichen Hundes. Ihr leicht braunes Haar, das unter der Kappe hervorschaute, hatte sie im Nacken zu einem Pferdeschwanz gebunden.

»Mita. Freut mich auch.«

Sie erwiderte meine Antwort mit einem Lächeln und ging zurück an ihren Platz. Herr Ichijo leitete sie an. Zierlich wie sie war, schwamm sie in der braunen Hose, und auch die Schulterpolster waren überdimensioniert. Ich hatte Sorge, dass sie von den Menschenmassen erdrückt würde. Die Armbinde mit der Aufschrift *Ordner* rutschte ihr immer wieder herunter.

Um zehn Minuten nach neun sah ich, wie Fujita auf sie zuging und sie ansprach. Nachdem sich das Bild auf meiner Netzhaut eingebrannt hatte, machte ich sanft die Augen zu. Als ich sie wieder öffnete, hatte Fujita sich wieder entfernt.

An diesem Tag ging ich alleine nach Hause. In letzter Zeit verabredeten Fujita und ich uns nicht mehr so oft vor dem Bahnhof, um zusammen nach Hause zu gehen. Da ich wenig zu tun hatte, arbeitete ich wieder häufiger als Hostess. Fujita hatte offenbar ebenfalls einen neuen, zweiten Job; er arbeitete abends in einem Restaurant in Shinjuku. Es hieß, es sei ein ganz besonderes mit haitianischen Gerichten. Auf meine Frage, warum er ausgerechnet da arbeite, erwiderte er nur: »Hat sich so ergeben.« Mir lagen Haiti und Shinjuku gleichermaßen fern.

Als ich nach Hause kam, stand im Eingang Opa Hosukes lederne Handtasche. Ich machte auf dem Absatz kehrt, wanderte die Kanpachi-dori hinunter, lieh mir im städtischen Hallenbad einen Badeanzug und schwamm. Lange.

Ein Gruppe älterer Damen bildete eine Reihe und machte, den Anweisungen eines Herrn mittleren Alters folgend, *Aqua walking*. An diesem herbstlichen Werktag war ich so ungefähr die einzige junge Frau im Bad. Ich schwamm, bis mir schummrig wurde, dann ruhte ich mich neben dem Becken aus. Ich legte mich auf eine Bank, von der aus mir die Szenerie draußen überscharf vor Augen stand. Jenseits des Blumenbeetes, aus dem nur noch kahle Zweige ragten, herrschte Autoverkehr. Eine Plastiktüte, die jemand weggeworfen hatte, wurde von einem Windstoß erfasst und landete auf der Windschutzscheibe eines Autos, das an der Ampel stand und wartete. Die Fahrräder, die auf dem Gehweg unterwegs waren, umkurvten hinderliche Fußgänger.

Um diese Zeit würden Ginko und Opa Hosuke zu Hause sitzen, einträchtig Zuckergebäck verspeisen und sich dabei unterhalten.

Da wir die einzigen Mädchen waren, die auf dem Bahnsteig arbeiteten, war Itoii offenbar an einem guten Verhältnis zu mir gelegen. Oft sprach sie mich an. *Warm heute, nicht?* oder *Kalt heute, nicht?* oder *Mann, bin ich müde!*

Da Fujita sie Ito-chan nannte, rief ich sie auch so. Auf dem Bahnsteig verloren die beiden sich in der Menge, drifteten aufeinander zu und drifteten wieder auseinander. Wenn ich sah, wie sie sich aufeinander zubewegten, durchzuckte mich ein Schmerz, als zöge man meinen Magen wie einen Ballon an beiden Enden auseinander. Ich wollte nicht hinsehen, konnte aber nicht anders. Es war ein Schmerz, der mir zur Gewohnheit wurde.

Ito-chan fasste Fujita am Ärmel und sagte etwas. Sie drehten sich beide zu mir um und sahen mich von weitem an. Ich tat so, als ob ich nichts gemerkt hätte, und füllte Kaugummi und Bonbons auf.

»Wollen wir heute nicht zusammen was essen gehen?« sprach Ito-chan mich an, als sie um viertel nach neun hinter den Jungs den Bahnsteig verließ.

»Was? Heute?«

»Ja. Fujita-kun kommt auch mit.«

»Ja, gut. Ich hab aber erst um elf Schluss. Ist das okay?«

»Ich wusste nicht, dass ihr zusammen seid. Hab's vorhin erst gehört. Als ich sagte, dass du uns die ganze Zeit beobachtest, hat's Fujita mir erzählt.«

Ich lachte belustigt, aber innerlich war ich keineswegs erheitert. Ein älterer Herr hielt mir eine Dose Kaffee hin, mit einem *Also dann* preschte Ito-chan davon. *Oh no*, murmelte ich. *Was?* fragte der ältere Herr, als er sein Wechselgeld entgegennahm.

Fujita und Ito-chan, die auf der Bank an der Losbude auf mich warteten, unterhielten sich angeregt, darauf bedacht, einen gewissen Anstandsabstand zu wahren. Die Strahlen der Sommersonne, die hier alles in so schönes, helles Licht getaucht hatten, waren weg, und auch die Eisdiele hatte zu. Das weiß und blau gestreifte Banner davor, das Wind und Wetter ausgesetzt war, sah nun wie eine ausgemusterte Wolldecke aus.

Ito-chan hatte ungefähr so lange Haare wie ich. Wir trugen beide Sneaker von Adidas. Und beide hatten wir nur eine kleine Tragetasche dabei. Wenn ich sie so ansah, kam ich mir vor wie eine schlechte Kopie von ihr. Ob sie sich in den anderthalb Stunden, die sie auf mich gewartet hatten, die ganze Zeit so unterhalten hatten? Ob sie sich in dem, was sie sich erzählten, gegenseitig erforscht und die Distanz zwischen ihnen verkleinert hatten? Mir fiel auf, dass ich Fujita so gut wie noch nie mit einem anderen Mädchen hatte reden sehen. Wir waren immer nur zu zweit gewesen. Ich hatte mir nicht einmal vorgestellt, auf welche Weise er sich wohl mit jemand anders unterhalten würde, von Ginko abgesehen.

Auf einmal kam mir Fujita, wie er da mit übereinandergeschlagenen Beinen saß und lachte, total fremd vor, was meine Schritte unnötig schwer werden ließ. Ich dachte schon daran umzukehren, da entdeckten sie mich.

»Heh, Mita-chan!«

Ito-chan stand auf und winkte. Sie hatte ein ganz wunderbares Lachen. Eines, das alles Düstere sofort vertrieb. Davon angesteckt, lachte ich zurück.

Fujita und ich nahmen nebeneinander Platz. Ito-chan saß uns gegenüber und quasselte unbekümmert in einem fort. Trotzdem fühlte ich mich unglaublich unbehaglich. Versuchsweise überblendete ich ihre Züge mit Ginkos faltigem Gesicht, aber das half auch nicht.

Neben mir aß Fujita scheinbar unbeeindruckt seine Kartoffeln. Dann und wann meldete er sich zu Wort und brachte Ito-chan zum Lachen. Wenn ich in ihr Lachen einstimmte, hatte ich das Gefühl, ich stünde hinter mir und beobachtete mich. Gleichzeitig kam es mir so vor, als würde auch dieses Ich wiederum von jemandem beobachtet.

»Tut mir leid, ich muss los«, sagte ich und stand auf.

»Jetzt komm schon«, sagte Fujita und sah genervt auf. Ito-chan machte ein besorgtes Gesicht.

»Ich hatte ganz vergessen, dass ich mit der Oma heute zum Arzt soll. Tut mir echt leid, aber ich muss los.«

Ich legte einen Tausend-Yen-Schein auf den Tisch und machte mich auf den Weg zum Bahnhof. Vom Rennen bekam ich Seitenstechen.

Der Himmel über dem Bahnsteig von Sasazuka war von reinem Blau.

Ich senkte den Blick, unter den Zelkoven vor dem Bahnhof herrschte unentwegtes Kommen und Gehen, dort suchte ich die beiden.

Als ich nach Hause kam, buk Ginko gerade Kekse. Sie rollte Teig aus und stach Formen aus.

»Kekse?! Ich glaub's ja nicht. Was willst du denn damit?«

»Die nehme ich mit zum Tanzkurs. Heute sollen ein paar Kinder zum Zuschauen kommen.«

»Hmhm. Kinder … Ich probier mal«, sagte ich, zog mir einen Stern von der Platte und steckte ihn in den Mund.

»Halt, die sind doch noch roh!«

»Ich mag sie, wenn sie noch nicht gebacken sind.«

»Das ist aber nicht gut für den Magen.«

»Sag mal, was ganz anderes … kommt Opa Hosuke heute auch? Wie läuft's denn so bei euch? Noch alles gut?«

»Wie? Naja, schon …«

Ginko hielt inne, sah mich an und lächelte.

»Ah … aha. Bei mir nicht so …«

»Was meinst du?«

»Fujita und mich.«

»Wieso? Was ist los?«

»Nichts. Auf jeden Fall läuft's nicht. Wie immer halt.«

»Du denkst zu viel, Chizu-chan, das ist nicht gut.«

»Ich? Ich denke nicht zu viel! Ich meine nur. Nur so eine Ahnung.«

»Ist es nicht so, dass diese Dinge nie so gut oder schlecht sind, wie man denkt?«

»Aber wenn man das Gefühl hat, dass etwas den Bach runter geht, geht's doch meistens den Bach runter. Selbst wenn man sich vornimmt, nicht drüber nachzudenken, denkt man drüber nach.«

»Der Mensch zeigt sich da, wo er aus der Form übersteht. Da, wo man übersteht, zeigt sich das wahre Selbst.«

Ginko knetete die Teigreste zusammen, rollte sie aus, stach Formen aus, knetete den Rest wieder zusammen, rollte ihn aus und so weiter. Auf dem Blech standen die Sterne dich an dicht.

»Soll das heißen, dass ich schwermütig bin?«

»Schwermütig zu sein ist nichts Schlimmes.«

»Um mich weint keiner, wenn ich ins Grab sinke.«

»Quatsch!«

»Um von allen geliebt zu werden, muss man heiter sein. Gut aussehen. Und lieb sein.«

»Und fertig!«

Ginko schob das Blech in den Ofen und begann aufzuräumen. Sie spülte ab und summte dabei vor sich hin. Auf dem Tisch lagen in einer Ecke pinkfarbene Plastiktütchen zum Einpacken und goldene Bändchen parat.

»Heh. Hörst du mir überhaupt zu?«

»Ich hör dir zu.«

»Du hast gut lachen. Du hast das Schlechte schon hinter dir. Alles von vor zig Jahren schön vergessen, und freust dich jetzt jeden Tag des Lebens.«

»Du etwa nicht?«, fragte sie, ohne sich umzudrehen.

»Nein, nicht – im – geringsten«, erwiderte ich. Meine Antwort ging im abfließenden Wasser unter; wahrscheinlich hatte Ginko sie gar nicht gehört.

Als Nächstes wurde ich zum Eislaufen eingeladen.

Nein, nein, geht ruhig zu zweit, versuchte ich abzulehnen, aber Ito-chan blieb hartnäckig. Was sie damit bezweckte, war mir schleierhaft. Wollte sie sich einfach nur mit mir gutstellen oder wollte sie mir das Leben schwermachen?

»Aber wir haben doch noch Herbst …«

»Ja, aber im Winter ist es immer so voll.«

»Puh, ich war noch nie eislaufen.«

»Das macht nichts, das lernst du sofort.«

»Echt?«

»Ich bring's dir bei, kein Problem. Fujita-kun kann auch. Wir halten dich dann von beiden Seiten.«

»Du kannst eislaufen?«, fragte ich Fujita, der wie ein Geist hinter Ito-chan aufragte, während ich mich noch wunderte, woher sie das wusste. Er bejahte knapp. Er hatte die Schultern hochgezogen und die Arme verschränkt, als wäre ihm kalt. Nachdem ich ihnen nachgesehen hatte, wie sie die Treppe hinuntergegangen waren, blieb mein Blick irgendwie an meinen Händen hängen. Da ich im Kiosk keine Handschuhe trug, war meine Haut an den Gelenken trocken und rissig.

Nachdem wir zu Mittag gegessen hatten, gingen wir vom Bahnhof Takadanobaba aus zu Fuß zur Schlittschuhbahn, alle drei nebeneinander. Ito-chan trug eine rote Strickjacke und eine grüne Mütze; sie sah aus wie Weihnachten. Um von Fujita Abstand zu halten, hatte ich mich bei ihr untergehakt.

Die Eishalle war leer. Die Schlittschuhe waren schwer und eng. Als ich die Kinder in ihren bunten Fransenkleidern über das Eis gleiten sah, dachte ich, so möchte ich auch laufen können, und bekam ein bisschen Lust. Ich stieg auf die Bahn, konnte aber meine Hand nicht von der Bande nehmen. Fujita verschränkte die Hände hinter dem Rücken, setzte eine unbeteiligte Miene auf und lief los. Ito-chan nahm meine linke Hand und redete eifrig auf mich ein. Mit Ach und Krach brachten wir eine Runde hinter uns; wir lehnten uns an die Wand und sahen Fujita zu, der mit wehendem Schal seine Runden drehte.

»Schlittschuhlaufen kann er, das muss man ihm lassen, zu mir ist er allerdings kalt.«

»Ja, dich so links liegen zu lassen, ist echt nicht nett.«

»Der ist immer so zu mir. Offenbar hat er doch nicht so viel für mich übrig.«

»Meinst du …?« Ito-chan sah mich mitleidig an. Dieses Mitleid, das ich ihr scheinbar ins Gesicht gemalt hatte, wollte ich nicht in meiner Nähe haben. Je länger ich es ansah, desto mehr könnte ich mir einbilden, wirklich bemitleidenswert zu sein.

»Fahr du nur, ich übe hier an der Wand.«

»Was? Nein! Ich bleib bei dir.«

»Nein, echt, geh ruhig.«

»Wirklich?«, fragte sie, das Gesicht noch mitleidiger verzogen und ging. Als sie Fujita eingeholt hatte, fuhren die beiden nebeneinander weiter. *Mit seinem Freund Schlittschuh zu laufen macht bestimmt Spaß*, dachte ich, während ich über das Eis schrappte.

Da ich mich partout nicht von der Wand lösen konnte, kam Ito-chan im Vorbeifahren heran und griff meine Hand. »Lass die Wand los. Komm, es passiert nichts, du wirst sehen«, machte sie mir Mut. Vorsichtig ließ ich los und hielt mich an ihrer behandschuhten Hand fest.

»Heh, Fujita, nimm du die andere Hand.«

Nach dieser Aufforderung kam Fujita das erste Mal an meine Seite.

Die Hände der beiden fest umklammert, tat ich ein paar wackelige Schritte nach vorn. Gehen konnte ich zwar, aber nicht losfahren, weil ich zuerst die Fersen aufsetzte. Ich schwankte nach links und rechts und versuchte vergeblich, Balance zu halten.

»Hilfe, mein Arm bricht«, schrie Ito-chan, als ich mein Gewicht zu sehr auf ihre Seite verlagerte. »Uoh«, sagte Fujita, als ich mich auf seine Seite lehnte, und strauchelte. Wir landeten auf dem Hosenboden, alle drei. Meine in den Schlittschuhen gestauchten Zehen pochten vor Schmerz. Ich wollte nur noch nach Hause. Irgendwo an einem warmen Platz ganz allein für mich einen Kakao trinken.

Am Tag der Arbeit sollte Ginko mit ihrem Tanzkurs im Bürgerzentrum einen Bahnhof weiter etwas aufführen. Ich lud Fujita ein und ging mit ihm zusammen hin.

Die Straße zum Bürgerzentrum war wenig befahren, und da ein staubiger Wind wehte, blieben wir beide stumm. Nach dem »ganz schön kalt«, als wir das Haus verließen, hatte keiner mehr etwas gesagt. Auch als ich unterwegs vor den Angeboten im Schaufenster eines Maklers stehen blieb, marschierte Fujita einfach weiter.

Die Eingangshalle des Zentrums war, wie wir beim Ankommen feststellten, bis auf den letzten Fleck mit Bildpostkarten und Kalligraphien behängt. Eine Gruppe Omas mit gelben Blumenketten um den Hals und dick aufgetragenem Lidstrich durchquerte die Vorhalle, eine Wolke Kosmetikduft hinterlassend.

Der Saal war fast komplett besetzt. Er war zwar klein, aber neu und gut ausgestattet. Auf der Bühne gaben gerade

eine Oma in weißer Bluse und eine Gruppe von Grund-
schulkindern ein Handglockenspiel zum Besten. Als sie
fertig waren, trat Ginko, in ein lilafarbenes, über und über
mit Rüschen besetztes Kleid gehüllt, mit einer Horde älterer Herrschaften auf die Bühne. An der Hand hielt sie
Opa Hosuke, der eine Fliege trug. Sie passten ziemlich gut
zusammen, fand ich. Ginko, die lila Lidschatten trug, hatte stolz die Brust herausgestreckt.

Als die Musik einsetzte und die Paare sich dazu in Bewegung setzten, wurde mir ein bisschen froh zumute.

»Ach, Tanzen ist schön.«

»Ja.«

»Ich würd auch gern tanzen lernen.«

»...«

»Würdest du mitmachen?«

»Nee.«

Solange wir im Saal saßen, hielt ich die ganze Zeit Fujitas
Hand. Betend, dass er mich nicht verlassen möge. Fujita
gähnte mehrfach.

Irgendwann schlief er einfach ein.

»Ich komm erst mal nicht mehr«, sagte Fujita nach dem
Abendbrot, als wir in meinem Zimmer waren. Jetzt ist es
also so weit, versuchte ich mich innerlich zu wappnen.

Ich tat, als hätte ich nichts gehört. Ich pustete auf den
Tee in meiner Tasse.

»Heh? Hast du gehört?«

»Nein.«

»Also ja«, schnaubte Fujita. Dieses Schnauben ließ mich zurückschrecken. So fremd und beängstigend kannte ich ihn gar nicht.

»Ich komm erst mal nicht mehr.«

»…«

»Das ist alles.«

»Wieso?«

»Aus verschiedenen Gründen.«

»Nämlich?«

»Wie ich schon sagte, aus verschiedenen Gründen.« Damit schien das Thema für ihn erledigt. Er zündete sich eine Zigarette an, spitzte die Lippen und blies den Rauch in einem dünnen Strahl aus.

»Kommst du gar nicht mehr?«

»Hm …«

»Du hast eine andere, stimmt's?«

»Nein, das ist es nicht.«

»Du kannst es ruhig zugeben, ich weiß Bescheid«, sagte ich und legte ihm die Hand auf den Arm. Fujita rückte ab.

»Ito-chan, stimmt's?«

»Nein. Ich weiß nicht. Tut mir leid.«

»Sag's doch einfach.«

Ich starrte ihn so lange an, bis er wegsah.

»Du machst es dir ganz schön leicht.«

»Was mach ich mir leicht?«

»Alles …«

»Was soll das heißen, alles?«

»Weiß nicht.«

Ich hatte keine Lust, ihn wegen seines Gefühlswandels anzugreifen. Ich wollte zwar nicht, dass er geht, wusste aber nicht, wie ich ihn halten könnte. »So geht das doch nicht«, war alles, was ich sagen konnte.

»Denk doch noch mal drüber nach«, sagte ich. Aber Fujita dachte nicht noch einmal nach, er ging.

Als ich ins Wohnzimmer kam, schaute Ginko im Fernsehen einen Krimi und strickte dabei an einem Schal. Es war eine grobmaschiger, orangefarbener Schal. An die Wand gelehnt, sah ich ihr eine Weile zu.

»Ist der für mich?«

»Was?«

»Ob der für mich ist, der Schal?«

Ginko gab ein vages »hm« von sich. Die Brille war ihr auf die Nasenspitze gerutscht.

Dann eben nicht, dachte ich und verschwand wieder in mein Zimmer. Die Fensterscheiben klirrten lange. Ich setzte mich eine Weile ans halboffene Fenster, in den Luftzug. Von Fujita war auf dem Bahnsteig nichts zu sehen.

Vielleicht war er heute zum letzten Mal dagewesen. Dieser Gedanke lähmte mich. Das Kissen anzufassen, auf dem er gesessen hatte, oder die Tasse, aus der er getrunken hatte, war mir schon zu viel. Vielleicht sollte ich einfach so tun, als ob nie etwas gewesen wäre. Ihn einfach als einen meiner Verflossenen mitsamt allem, was mit ihm zu tun hatte, in meinem Gedächnis begraben. Ihn einfach wie die Cherokees auf der Leiste zu einer beliebigen toten Katze degradieren.

Kannst du das? fragte ich mich mit geschlossenen Augen. *Nein, das kann ich nicht,* dachte ich. Ich wollte immer noch nicht, dass er ging. Irgendwann war ich anhänglich geworden. Ein klebriges, schwer zu handhabendes Gefühl. War das nun zum Lachen oder eher zum Weinen?

Du musst nur fest daran glauben und jeden Tag geduldig beten, dann werden deine Gebete schon irgendwann erhört, bildete ich mir ein.
Aber dem war offenbar nicht so.

Egal, ob ich anrief oder eine Mail schrieb, Fujita zeigte mir die kalte Schulter, offenbar wurde ich langsam aber sicher aus seinem Leben gelöscht.

Auf dem Bahnsteig in Sasazuka wich er meinen Blicken aus. Ito-chan behandelte mich genau wie vorher, aber zu mehr als zu kurzangebundenen Antworten war ich nicht in der Lage.

Bei sich zu Hause war Fujita auch nie anzutreffen. Sein Mitbewohner tat so, als täte es ihm furchtbar leid, und schickte mich wieder weg. In der Wohnung hörte ich Männer lachen. Fujita war auch dabei. War es ihm wirklich so zuwider, mich zu sehen, dass er vorgeben musste, nicht zu Hause zu sein? Das tat weh. Um auf andere Gedanken zu kommen, ging ich zu Fuß nach Hause, was von Sasazuka aus knapp drei Stunden dauerte, fühlte mich am Ende aber nur noch elender als vorher.

Am folgenden Abend rief er an, er käme gleich vorbei; hocherfreut frischte ich mein Make-up auf und legte mich auf die Lauer. Fujita hatte ein paar geliehene CDs, Bücher und den Hausschlüssel dabei.

»Komm doch rein auf eine Tasse Tee …«

Schon dieser Satz im Eingang hatte mich Überwindung gekostet.

»Ne, lass mal, ich muss noch wohin.«

»Ach so …«

Seine Antwort hatte so entschieden geklungen, dass ich direkt einknickte. Ohne es zu wollen, war ich jemand geworden, der die »Zeichen der Zeit« versteht. Wo er das wohl gelernt hatte, seinem Gegenüber auch ohne Worte, nur durch Körpersprache und Distanz, zu verstehen zu geben, dass es *aus* ist.

»Ich sag Ginko Bescheid …«

»Ne, lass mal.«

»Willst du dich nicht von ihr verabschieden?«

»Mit ihr war ich schließlich nicht zusammen, oder?«

»Ja schon, aber …«

»In diesem Haus hat man das Gefühl, total alt zu sein.«

Na und, lag mir auf der Zunge, aber mehr als ein unbestimmtes Lächeln brachte ich nicht zustande.

»Du hast neulich gesagt, dass ich mir alles leicht mache, erinnerst du dich? Ich glaube, das stimmt nicht. Nur, du …«

»Schon gut, vergiss es.«

Obwohl ich im Flur und Fujita eine Stufe tiefer im Eingang stand, war er immer noch größer als ich. Normalerweise hatte ich immer seinen Adamsapfel vor Augen, aber heute trafen sich unsere Blicke, wenn ich nur eine Idee den Kopf hob. Wie oft hatte ich ihn in dieser Position schon empfangen oder verabschiedet!

»Mach's gut«, sagte ich, als ich mein Schweigen nicht mehr aushalten konnte, mit einem Lächeln, um das Ende nicht zu trübsinnig werden zu lassen, und winkte.

»Du auch«, erwiderte Fujita.

»Besser, ich meld mich nicht mehr, oder?«

»Wenn's geht nicht, nein.«

»Okay, also dann …«

Falsch, falsch, rief mein Herz.

»… dann mach's gut«, verabschiedete ich ihn kraftlos.

Als sich die Tür schloss, waren seine Schritte schon nicht mehr zu hören. Vielleicht sollte ich ihm nachlaufen, überlegte ich, aber meine Füße weigerten sich, einen Schritt zu tun.

Ich muss noch wohin, hatte er gesagt. Wohin wohl?

Im Wohnzimmer saß Ginko, eine Tasse vor sich, und sah fern. Ich setzte mich ihr gegenüber an den Kotatsu und warf ihr einen *Siehste-hab-ichs-nicht-gesagt*-Blick zu.

»Was ist?«

Ich schlüpfte unter die Decke und schlug die Zeitung auf, als ob nichts passiert wäre. Ich spürte, dass Ginko mich unverwandt ansah, und wurde ärgerlich.

»Hast du's mitgekriegt?«

»Was?«

»Als ob du das nicht ganz genau wüsstest …«

Ginko kicherte selbst in solchen Momenten und sagte: »Der Mensch ist zum Verzweifeln, nicht?«

»…«

»Weil er irgendwann geht.«

Sie stand auf, um den Kessel mit dem kochenden Wasser abzustellen.

Über dem Stuhl in der Küche hing ein kariertes Flanellhemd, das Fujita Anfang Herbst liegengelassen hatte. Wenn es kalt war, hatte Ginko es übergezogen.

Sie zeigte mit dem Finger darauf und fragte: »Was machst du damit? Hat er vergessen.«

Tausend Dinge schossen mir durch den Kopf, aber das einzige, was ich sagen konnte, war: »Keine Ahnung.«

Ich hatte mich gerade zur Seite sinken lassen und bis zur Schulter unter der Decke des Kotatsu vergraben, als Ginkos grüne Wollsocken in meinem Sichtfeld erschienen, dann ein kleiner Becher *Lady-Borden*-Eis und ein Löffelchen.

»Wie wär's damit?«

Ich rutschte noch weiter unter die Decke und löffelte das Eis.

Dabei kamen mir dann doch die Tränen. Vanille war Fujitas Lieblingssorte gewesen, Schokolade oder Erdbeer hatte er nie angerührt. Dass Ginko, ob bewusst oder unbewusst, ausgerechnet *das* mitgebracht hatte, wurmte mich. Auch sie würde irgendwann gehen, seufzte ich im Herzen und musste mir eingestehen, gerade das *nicht* zu wollen. Wie deprimierend, dass alles, was ich hatte, eine alte Frau war.

Mir war nicht zu helfen. Wann würde ich endlich nicht mehr alleine sein? dachte ich und zuckte zusammen. Wollte ich denn nicht alleine sein? Ich hatte doch immer gedacht, nicht allein sein zu wollen sei kindisch und peinlich …

Schwarzweiß lag zusammengerollt in einer Ecke des Kotatsu. Mir fiel ein, dass Ginko einmal gesagt hatte, dass ihr, als die Kotatsu noch mit Kohlen befeuert wurden, mal eine Katze darin zu Tode gekommen sei. Ich stupste Schwarzweiß ein paarmal mit dem Fuß an; sie öffnete die Augen und rollte widerwillig ein Stück zur Seite.

Ich zog die Beine an; direkt neben meinem Gesicht befanden sich Ginkos kleine Füße mit ihren verfilzten grünen Socken.

Jetzt kamen mir die Tränen weniger aus Trauer denn aus Selbstmitleid.

Als ich morgens aufstand, verspürte ich ob der Tatsache, dass ich den ganzen Tag nichts vorhatte, fast so etwas wie Angst.

Am Hals wurde mir kalt, ich machte die Augen noch einmal zu und versuchte, wieder einzuschlafen, aber die Morgensonne blendete und die Angst ließ sich, selbst wenn ich es ins Bett gekuschelt versuchte, nicht einfach wieder hinunterschlucken. Die Arbeit im Kiosk hatte ich aufgegeben. Zwei Tage, nachdem Fujita bei der Oma zum letzten Mal aufgetaucht war.

In der Küche duftete es. Als mir bewusst wurde, dass es nach Curry roch, lief mir schon das Wasser im Mund zusammen.

In dem durch das Fenster über der Spüle einfallenden Licht war Ginko, die in einem Kochtopf rührte, kaum zu sehen. Wohin ihre Trauer und ihr Schmerz wohl gegangen waren? Ob sie sich alles von der Seele geredet hatte? Ob man wirklich alles *aufbrauchen* konnte?

»Was kochst du?«

»Curry«, sagte sie, ohne sich umzudrehen. Ich stellte mich neben sie und betrachtete das Gebrodel im Topf.

»Morgens …?«

»Willst du?«

»Nein.«

»Sicher?«

»Ich hab dir doch schon gesagt, dass ich nicht zwangsläufig ein Fan von Curry bin, nur weil ich jung bin …«, nuschelte ich; selbst das Reden war mir zu viel. Ginko lud sich ein bisschen Reis auf einen flachen Teller, fischte sich ein paar Stückchen Einlage aus dem Curry und goss Sauce darüber. *Es soll noch ein bisschen einkochen, passt du auf?* sagte sie und verschwand ins Wohnzimmer.

Ich rührte behutsam. Hinter den Schiebetüren war das Klappern von Ginkos Löffel zu hören. Mein Herz wurde zusehends ruhiger und weiter. Ich stellte mir vor, wie sich meine Trauer durch das Rühren im Curry auflöste.

Da ich nichts zu tun hatte, beschloss ich, der einen Bahnhof weiter gelegenen Bibliothek einen Besuch abzustatten und ging los, als ich an einer Unterführung ein blaues Sprüh-Graffito entdeckte. Die letzten, schwungvollen Zeichen lauteten: *Glaub nicht, dass du überlebst!*

Glaub nicht, dass du überlebst. Aha.

Das war wohl das, was man gemeinhin als einen Schrei der Seele bezeichnete.

Jugendliche, die in unmittelbarer Nähe von Hass oder Wut lebten, kamen mir in den Sinn. Leute, die wahrscheinlich noch jünger waren als ich. Leute, die wahrscheinlich auch eine ganze Menge gefährlicher Dinge taten. *So will ich auch werden*, dachte ich, ging währenddessen in einen Convenience Store, kaufte mir eine Tafel Schokolade und biss im Gehen davon ab. Ich ging in einen Park mit einem von Ginkgobäumen gesäumten Spazierweg und rauschte so durch das Laub, dass es aufwirbelte. Hinter dem blauen Maschendraht an der linkerhand liegenden Grundschule kreischten Kinder in kurzen Hosen. Als der mit einem Trainingsanzug bekleidete Lehrer in seine Trillerpfeife blies, wurde es auf einen Schlag totenstill.

Ich griff in den Draht und presste mein Gesicht dagegen, wie eine Geisteskranke. Es roch nach Duftblüte. Die Kinder hatten eine Reihe gebildet, brüllten und rannten los.

Ich will sterben, dachte ich.

Ich erinnerte mich an den Bahnsteigselbstmord, den ich zusammen mit Fujita erlebt hatte. Das Blut, das so ausgesehen hatte wie ein Herbstblatt.

Ob bei mir auch so frisches rotes Blut käme, wenn ich mich schnitte? Bei mir käme wahrscheinlich nur trübe braune Soße raus.

Ich war müde. Müde ob meiner sich häufenden Selbst-
gespräche, müde ob des Blau des Himmels, das anders
war als im Sommer, müde, mir kleine Kinderfüße anzuse-
hen oder monotone Spazierwege abzulaufen, müde ob des
Lebens mit der Oma, das auf mich wartete.

Ein trockener Windstoß wehte mir die Haare ins Gesicht. Die Haare, die ich mir im Frühjahr geschnitten hatte, waren wieder ziemlich lang. Nur belanglose Dinge, die
Jahreszeiten, der Körper und so weiter, verändern sich
ständig.

Winter

Ginko trug ein seltsames Kleid. In den Schultern passte es überhaupt nicht. Es hatte einen tief angesetzten Gürtel und saß so unnatürlich schlabberig, als hätte sie darunter einen Mantel an.

»Wie siehst du denn aus?«, fragte ich kalt.

»Das ist ein Umstandskleid«, erwiderte sie.

Mir fehlten die Worte. *Okay,* dachte ich, *jetzt ist es so weit, jetzt ist sie senil.*

»Willst du schwanger werden?«

»Hoho, wenn ich könnte, gern!«

»Zu spät, vergiss es.«

»Meinst du?«

»Kinder hintergehen einen nur.«

»Dafür muss man erst mal welche haben.«

»Tja, dann frag doch Opa Hosuke.«

Opa Hosuke kam nach wie vor häufig vorbei. Ich hatte bereits drei Dosen seiner *Jintan*-Pastillen geklaut. Die Zahl der Bonbons belief sich auf zwanzig. Was anderes war bei ihm nicht zu holen. Eigentlich müsste er so langsam mal was merken, aber selbst wenn, würde er wahrscheinlich nichts sagen, der Opa.

»Warum geht Liebe zu Ende? Und warum geht deine

nicht zu Ende?«

»Das ist das Glück des Alters.«

»Das ist irgendwie gemein, ihr Alten habt's gut, wir Jungen haben's schlecht.«

»In der Jugend kann man sich nicht oft genug verlieben.«

»Das ist so – *leer*.«

Jeden Abend besah ich die Sachen, die ich Fujita geklaut hatte. Von den Zigaretten, die ich ihm ganz zu Anfang gemopst hatte, rauchte ich versuchsweise eine, aber sie hatte Feuchtigkeit gezogen und schmeckte nicht mehr.

Alles Unkraut im Garten war verwelkt.

Die Katzen gingen nicht mehr raus. Faul lagen sie mit mir vor dem Petroleumöfchen herum.

»Wann segnet ihr zwei Hübschen denn das Zeitliche?«, sagte ich und zupfte Schwarzweiß und Braun an den Barthaaren, worauf sie sich unwirsch in die Küche verzogen. Auf dem kleinen Esstischchen stand ein Kuchenteller mit einem Berg Mandarinen.

Der Gedanke, dass es nichts gab, was mich antrieb, und dass alles nur zu vergehen schien, versetzte mich in Panik.

Ich wollte hemmungslos auf die Tasten eines Klaviers eindreschen.

Ich wollte den gesamten Inhalt meines Kleiderschranks verbrennen.

Ich wollte meine Ringe, meine Ketten und so weiter vom Dach werfen.

Ich wollte zehn Zigaretten auf einmal rauchen.

Ob die Panik dann verginge?

Es würde mir nie gelingen, so etwas wie ein »vernünftiges« Leben zu führen, hatte ich das Gefühl. Hatte man etwas, warf man es weg, oder es wurde weggeworfen, oder es ließ sich partout nicht aus der Welt schaffen, obwohl man es wegwerfen wollte: Das war das Leben.

Die Zeit, die ich mit Ginko verbrachte, nahm zu. Zu meinem abendlichen Nebenjob war ich in letzter Zeit auch nicht mehr gegangen.

Wenn ich gegen elf Uhr aufstand, saß Ginko bei einer Tasse Tee und stickte. In letzter Zeit hatte sie ein Faible für blaue Blümchen. Aus jeder Ecke des Hauses kramte sie Stofftaschentücher hervor, die sie eifrig mit blauen Blümchen versah.

An dem Tag war ich im Traum mit Fujita eislaufen gewesen. Ich hatte die Hand nach wie vor nicht von der Bande lösen können und ihm, der keine Anstalten gemacht hatte, mir zu helfen, neidisch hinterhergeschaut. Irgendwann hatte ich mich nicht mehr beherrschen können und wie ein kleines Kind seinen Namen gerufen, aber er war nicht gekommen. Aus irgendwelchen Gründen hatte die Eisbahn zum Takao-san geführt, den ich mit meinen Schlittschuhen hochkraxelte. *Komm zurück*, schrien die Leute auf der Eisbahn, aber je lauter sie riefen, desto trotziger stieg ich den Bergpfad hinauf.

Als ich aufwachte, waren meine Beine schwer wie Blei. Ohne mir die Hände zu waschen oder den Mund zu spülen, holte ich mir eine Tasse, schlüpfte unter den Kotatsu und ließ mir von Ginko Tee einschenken.

»Ich habe das Gefühl, das Leben hat keinen Sinn«, klagte ich.

»Wie? Sinn …?«, fragte sie zurück.

»Ach«, seufzte ich fast unhörbar leise. »Es hat keinen Sinn.«

Keine Antwort.

An was ich mich erinnerte, war Fujita. Dann dachte ich an die anderen, mit denen ich zusammengewesen war. Mir wurde flau. Auf Beziehungen war kein Verlass. Ganz offensichtlich war ich nicht in der Lage, jemanden an mich zu binden. Vielleicht sollte ich zur Abwechslung einmal alleine leben. Nicht verlassen werden, sondern einmal jemanden verlassen.

Ausziehen?

Ich wollte einen sauberen Schnitt machen und irgendwo noch einmal ganz von vorne anfangen. Aber auch da entstünde wohl eine neue Beziehung. Und auch da käme wohl irgendwann der Anfang vom Ende. Und wenn ich mich, ohne einen Sinn darin zu suchen, der Wiederholung dieses Kreislaufs ergäbe, verginge darüber vielleicht mein Leben. Wie oft hatte die alte Frau vor meinen Augen wohl diese Wiederholung durchlaufen?

»Ich will mich beamen.«

»Was?«

»Ich will mich in dein Alter beamen.«

»*Beamen?*«

»Einige Dutzend Jahre überspringen und ungefähr so alt sein wie du.«

»So ein Quatsch! Du bist doch jetzt im besten Alter! So jung und knackig …«

Aha, das war ihr also nicht egal gewesen. Naja, so wie ich meine blanke Haut zur Schau gestellt hatte, vielleicht kein Wunder.

»Denken das alle alten Leute? Ich bin mir nicht sicher, ob die Jugend das beste Alter ist. Man brütet über allem und jedem, die Zukunft ist ungewiss, das macht einen fertig. Darauf hab ich keine Lust mehr.«

»Wenn man jung ist, stehen einem alle Türen offen. Wenn man so alt ist wie ich, gibt es nicht mehr so viele Türen.«

Unter Ginkos Händen blitzten ab und zu blaue Blüten mit gelben Stempeln hervor. Ihre Finger bewegten sich unablässig.

»Ist es einfach, alt zu sein?«

»Sieht es etwa so aus?«, kicherte sie.

»Ja. Jungsein macht keinen Spaß. Man hat keine Freude.«

»Na na, bei dir gab's auch schon mal Freude.«

»Nein.«

»Dann erinner dich mal richtig.«

»Warum soll ich mich erinnern? Das bringt die Freude ja nicht zurück.«

»Doch, doch. Wenn man es richtig macht, kommt sie zurück.«

Ginko vernähte ihren blauen Faden, zog den bestickten Stoff mit den Fingern leicht auseinander und hielt ihn sich vors Gesicht. *Und, was meinst du?* fragte sie. Ihr Gesicht schien durch den weißen Stoff. Es sah aus wie ein Totentuch.

Auch bei der Hostessen-Agentur, von der ab und zu noch Anrufe gekommen waren, meldete ich mich ab und fing im Büro einer kleinen Firma an. Mein neuer Arbeitgeber war eine Firma, die Wasserfilter verkaufte beziehungsweise vermietete. Ich arbeitete fünf Tage die Woche, vollzeit, von neun bis fünf.

Ich steckte Prospekte für Wasserfilter in Umschläge, hakte in Schaffnermanier jeden einzelnen Datensatz der Kundenliste mit einem Handzeichen ab und malte mir dabei aus, welche Katastrophen mich erwarteten. Ein Riesenerdbeben. Ein Großbrand. Ein Gasleck. Dass Ginko starb. Dass meine Mutter starb. Dass ich kein Geld mehr hatte. Dass ich nichts mehr zum Anziehen hatte. Dass ich keine Wohnung mehr hatte und so weiter und so fort. Ich hatte keinen festen Freund, keine Freunde, kein Haus, in dem ich dauerhaft wohnen konnte. Das einzige, worauf ich mich verlassen konnte, waren mein Herz und mein Körper, und selbst die schienen mir nicht besonders verlässlich. Trotzdem musste ich irgendwie sehen, dass ich alleine klarkam.

Wenn ich die Prospekte eingetütet hatte und den Stapel Umschläge sah, stellte sich eine gewisse Befriedigung ein. Ich hatte etwas geschafft. Ich hatte das Gefühl, *gearbeitet* zu haben.

Meine Uniform, die aus einer rosa Weste und einem grauen Rock bestand, war sehr büromausmäßig und wenig schick; außerdem nahm ich wegen der im Vergleich zur Menge der Arbeit üppigen Nachmittagssnacks einige Kilo zu. Weil es morgens kalt war, kam ich nur schlecht aus dem Bett; ich nahm mir kaum noch Zeit zum Anziehen, schminkte mich nur noch flüchtig und setzte auch die Kontaktlinsen nicht mehr ein, sondern trug stattdessen Brille.

Langsam aber sicher wurde ich immer hässlicher. Jedes Mal, wenn ich auf der Toilette im Büro in den Spiegel sah, dachte ich entsetzt: *Oh Gott!*

Jeden Tag blies kalter Wind. Nach der Arbeit mummelte ich mich in Schal und Mütze, zog meine Handschuhe an und verließ eilenden Schrittes die Firma. Selbst die Weihnachtsbeleuchtung, die mich jedes Jahr aufgeregt hatte, rang mir nur noch ein müdes Lächeln ab. Wer's schön fand, konnte es ja schön finden.

Weihnachten feierten wir mit Opa Hosuke zu dritt.

Das heißt, eigentlich aßen wir nur zusammen Torte. Mit Weihnachtsschmuck und Geschenken hatte man in diesem Haus nichts am Hut. Trotzdem hatte sich Opa Hosuke, wenngleich nicht so wie für eine Tanzaufführung, ein bisschen schick gemacht. Er trug einen Tweedmantel und dazu einen orangefarbenen Schal, der mir bekannt vorkam. Sein weißes Haar, das sonst in alle Richtungen abstand, war plattgekämmt, und eine Krawatte hatte er auch umgebunden. Auch Ginko, fiel mir auf, hatte sich mit einem schmalgeschnittenen Kleid in Schale geworfen. Jetzt bekam ich, die ich nur Jeans und eine wattierte Hausjacke trug, auch Lust, mich ein bisschen schön zu machen und verschwand in mein Zimmer.

Je mehr ich vor dem Spiegel herumprobierte, desto mehr kam ich in Fahrt, ich trug nach langer Zeit sogar mal wieder Eyeliner auf, und trat ins Wohnzimmer.

»Oh, wie schön du aussiehst!«

»Findest du?«

Ich trug ein glänzendes, beigefarbenes Kleid. Ein Kleid, das ich auf der Hochzeit meiner Cousine getragen hatte. Ich hatte mein Haar hochgesteckt und eine Perlenkette angelegt.

»Du bist jung, dir stehen diese hellen Farben.«

Auch Opa Hosuke sah mich wohlwollend an.

»Und? Steht mir das?«

»Ganz ausgezeichnet.«

»Danke schön.«

Aufgebrezelt wie wir waren, aßen wir wie sonst auch am Kotatsu und verzehrten zum Nachtisch die weihnachtlich dekorierte Sahnetorte.

Was Fujita jetzt wohl machte? Mit Ito-chan und ihrer Bommelmütze auf dem Kopf eine Weihnachtsparty feiern? Das Szenario stand mir so lebendig vor Augen, dass ich selbst überrascht war; die Sahne, die ich mir in den Mund geschaufelt hatte, schmeckte plötzlich sauer.

»Ich mache eine Reise …«, sagte Ginko und spießte mit der Gabel ein Stück Kuchen auf.

»Was?«

»Mit Hosuke-san. Kommst du auch mit?«

»Ich? … Wohin?«

Mir stand noch immer das Bild von Fujita und Ito-chan mit ihrer Bommelmütze vor Augen.

»Nach Onahama.«

»Wo ist das denn?«

»Das ist eine Hafenstadt in Fukushima.«

»Nee, hört sich kalt an. Ich bleib hier und hüte das Haus.«

»Nicht jetzt, nächstes Jahr.«

»Fahrt ihr nur, ich muss eh arbeiten.«

War das ihre Art, Rücksicht zu nehmen? Sah ich so aus, als ob ich nicht in der Lage wäre, mich von meinem Liebeskummer zu erholen?

Doch langsam aber sicher gewöhnte ich mich an diesen Zustand. Ich erlebte ihn schließlich nicht zum ersten Mal. Und wenn ich Fujita zehnmal für anders als die anderen hielt, lief der Prozess der schrittweisen Erholung aus dieser Starre doch nach dem so immer gleichen Schema ab, dass einem übel werden konnte.

Bevor das Jahr zu Ende ging, kam meine Mutter noch einmal zurück.

Diesmal kam sie ganz normal durch die Haustür herein.

Sie trug einen für ihr Alter völlig unpassenden schneeweißen Mantel.

Sie sah frisch und munter aus.

»Heyho«, sagte sie und hob die Hand, als sie mich sah;

125

ich saß am Kotatsu und schnitt *surume*, getrockneten Tintenfisch.

»Wie siehst du denn aus? Mach dich mal ein bisschen zurecht, du bist doch noch jung.«

»Ja ja ...«

Da ich an dem Tag frei hatte, war ich noch im Schlafanzug. Nach dem Aufstehen hatte ich noch keinen Blick in den Spiegel geworfen. Ich betastete mein Haar, das ich einfach hatte wachsen lassen, auf der rechten Seite stand es ab. Am Mund klebte scheinbar noch ein Rest Speichel; als ich daran rieb, rieselte es weiß auf den Tisch.

Ginko kochte in der Küche süße rote Bohnen.

Meine Mutter hatte auch diesmal ein Hotelzimmer in Shinjuku gebucht. Vier Nächte über den Jahreswechsel. Am dritten Januar würde sie zurück nach China fliegen. Ginko an Neujahr alleine zu lassen, war mir zwar nicht wirklich recht. Aber meine Mutter alleine zu lassen, brachte ich auch nicht übers Herz. Das Einfachste wäre, meine Mutter würde auch bei Ginko übernachten, aber das kam für sie aus irgendwelchen Gründen absolut nicht in Frage. Ob sie immer noch wegen der Sache von damals ein schlechtes Gewissen hatte?

Wie im Sommer gingen wir auch dieses Mal zum Kuchenbuffett in der Hotellobby. Ich tunkte Erdbeeren in den Schokoladenbrunnen; meine Mutter machte es mir nach.

»Das macht Spaß.«

»Ja.«

»Du, was ich dir sagen wollte. Ich heirate vielleicht wieder«, sagte meine Mutter plötzlich; sie hatte ihren goldenen Spieß gleich mit fünf Erdbeeren bestückt.

»Was??«

Meine Hand verharrte in der Luft.

»Ich heirate vielleicht wieder«, erklärte meine Mutter mit unbeteiligter Miene und hielt ihren Erdbeerspieß in die Schokoladenkaskade.

»Wen?«

»Na, einen von da.«

Aus irgendwelchen Gründen musste ich an die Fingernägel meiner Mutter bei unserem Treffen im Sommer denken. Ich warf einen Blick auf ihre Hände; auch heute trug sie hellen, beigefarbenen Nagellack. *Du musst was sagen*, dachte ich.

»Ja, na dann …«

»Was?«

»Ist doch gut.«

»Es ist dir recht?«

»Also, in deinem Alter musst du mich wohl kaum um Erlaubnis fragen, oder?«

»Nicht? Na dann, umso besser.«

Meine Mutter legte die Erdbeeren, deren Rot unter der Schokolade nicht mehr zu sehen war, auf einen Teller, spießte als Nächstes ein Stück halbmondförmig geschnittene Melone auf und hielt mir den Spieß entgegen. Ich nahm ihn und tunkte ihn in die Schokolade. Ich versuchte, mir meine Mutter als Ehefrau eines Chinesen vorzustellen. Sie am Herd, Teigtaschen bratend. Mehr fiel mir dazu nicht ein.

»Und wie heißt du dann? Mizue *Li*, Mizue *Cho* oder wie?«

»Weder noch.«

»Wie?«

»Er hat mich zwar gefragt, ob ich seine Frau werden will, aber ich will nicht.«

»Wie jetzt? Warum nicht? Heirate doch.«

»Nun ja, ist alles nicht so einfach. Außerdem habe ich im Moment viel zu tun. Irgendwann heirate ich ihn vielleicht, aber nicht jetzt. — Überrascht dich das?«

»Nö. Pass auf, dass er dir nicht wegläuft, wenn du dich so zierst.«

Der läuft nicht weg, sagte sie mit einem kurzen Auflachen, und dann: »Aber davon abgesehen, China ist nicht so schlecht. Man sieht was Anderes, also wenn du kommen willst ...«

»Nein, ich bleibe in Japan.«

»So? Dann wird es eine echte Familientrennung.«

»So sieht's aus. Hahaha.«

»Und es macht dir wirklich nichts aus ...?«

Was sollte mir nichts ausmachen, dachte ich, wobei ein Gefühl in mir aufstieg, von dem ich nicht wusste, ob es Trauer oder Freude war; jetzt sofort wollte ich mich nicht von meiner Mutter trennen. Angestrengt verfolgte ich das Fließen der Schokolade. Meine Mutter linste mir ins Gesicht. Ich erwiderte ihren Blick, was blieb mir anderes übrig, und sagte: »Es macht mir nichts aus.«

Meine Mutter wartete.

»Es macht mir wirklich nichts aus«, sagte ich noch einmal deutlich, nahm meinen Obstteller und verzog mich fluchtartig an unseren Tisch. Auch als ich anfing zu essen, stand meine Mutter noch vor dem Schokoladenbrunnen. Warum hatte sie das Thema überhaupt zur Sprache gebracht, wenn sie gar nicht wieder heiraten wollte? Und war meine Reaktion richtig gewesen?

Den Teller bis zum Rand mit den verschiedensten Kuchen bestückt, kam meine Mutter endlich zurück, schob mir, ohne etwas zu sagen, die Hälfte davon auf den Teller und machte ein zufriedenes Gesicht. Ich spürte, dass sie mich, während sie auf ihrem Teller herumstocherte, ab und zu prüfend von der Seite ansah.

Zurück im Zimmer überreichte sie mir mit einem *Weihnachtsgeschenk!* ein buntes Paket. Es war ein Teddybär.

»Danke.«

De facto war ich nicht besonders erfreut. Der Bär war zwar ganz süß, aber wenn sie mir schon etwas schenkte, hätte ich doch gerne einen Ring gehabt oder eine Kette oder einen Handspiegel, irgendetwas, das nicht so sperrig war.

»Und das Neujahrstaschengeld?«

Ich streckte die Hand aus; meine Mutter schlug sie weg.

»Na hör mal, du bist doch schon groß.«

Und warum dann der Teddybär, wenn ich doch schon

groß war? Den Bären im Arm wühlte ich in meiner Tasche, förderte ein Päckchen zutage und warf es meiner Mutter aufs Bett.

»Was ist das?«

»Ein Geschenk.«

»Was, wirklich??«

Freudig machte meine Mutter das Päckchen auf. Hoffentlich ist sie nicht enttäuscht, dachte ich, während ich sie im Spiegel beobachtete.

»Wie schön!«

Sie legte das Armband sofort um und hielt mir den Arm hin.

»Gefällt's dir?«

»Sehr! Danke. Du bist wirklich erwachsen geworden.«

»Erwachsen, das stimmt.«

»Willst du Fotos sehen? Von Wang-san …?«

»Wer ist Wang-san?«

»Der Mann, der mir den Heiratsantrag gemacht hat.«

Sie nahm drei Fotos aus dem Notizbuch in ihrer Handtasche. Auf dem ersten war Herr Wang zu sehen, auf dem zweiten meine Mutter mit Herrn Wang und auf dem dritten meine Mutter, Herr Wang und ein kleines Mädchen. Herr Wang war ein super-freundlich aussehender Onkel mit Brille.

»Zu wem gehört das Kind?« Ich zeigte auf das strahlende Mädchen in den Armen meiner Mutter.

»Das ist seine Tochter. Keika, wenn man ihren Namen japanisch ausspricht.«

»Mann mit Anhang also …?«

»Sie ist total süß. Und möchte nach Japan, sagt sie.«

Eingehend betrachtete ich das Mädchen, das vielleicht einmal meine kleine Schwester würde. Ich hätte dann eine kleine, chinesische Schwester. Würden wir uns gegenseitig Japanisch und Chinesisch beibringen?

Ich hob den Blick; meine Mutter machte ein Gesicht, als ob sie Geburtstag hätte. Ich hatte das Gefühl, dass der Faden, der uns verband, gerissen war. In ihrem Gepäck, das stetig mehr wurde, wog ich immer weniger.

Ich gab ihr die Fotos zurück und stellte mich ans Fenster. Eigentlich hatte ich mich selbst in der Scheibe betrachten wollen, aber unversehens zeichnete mein Blick jedes einzelne Neonlicht des Vergnügungsviertels Kabukicho nach, das in der Ferne zu sehen war.

An Silvester rief ich Ginko an. Ich wollte ihr für das sich dem Ende neigende Jahr danken. Ganz bewusst rief ich erst nach zehn Uhr abends an, aber offenbar lag sie schon im Bett, und so legte ich nach dem zehnten Klingeln auf. Vielleicht war sie ja auch bei Opa Hosuke. Das würde ich mir sogar wünschen.

»Du-u, warum hat Ginko eigentlich nicht wieder geheiratet?«

»Wie? Keine Ahnung.«

Meine Mutter hatte es sich auf dem Bett bequem gemacht und machte Schönheitsgymnastik. Sie bog die Arme, verdrehte den Körper und so weiter.

»Hat sie nach dem Tod ihres Mannes die ganze Zeit allein in dem Haus gewohnt?«

»Als ich sie direkt nach deiner Geburt besuchte, wohnte sie mit einem recht gut aussehenden Mann zusammen. Ich hatte gedacht, dass sie den geheiratet hätte, aber dem war wohl nicht so, wie ich hinterher hörte. Aber frag sie doch selbst. «

»Nee, dafür ist es jetzt zu spät …«

»Ich hatte nie so viel mit ihr zu tun, weißt du. Deshalb kann ich dir auch nicht so viel sagen. Aber sie ist doch lieb, oder nicht?«

»Ja, lieb ist sie schon …«

»Aber …?«

»Ein bisschen komisch ist sie auch.«

»Na, dann seid ihr ja das perfekte Paar.«

»Ich mach mir Sorgen, dass sie senil wird …«

»Was? Ist sie das nicht schon ein bisschen?«

»Was? Nee, noch nicht. Alles noch im grünen Bereich.«

Wirkte sie auf jemanden, der nicht mit ihr zusammenwohnte, schon senil? Von meiner Warte aus war Ginko immer noch ziemlich gut beisammen.

Nach Mitternacht rief ich noch einmal bei ihr an, aber wieder hob niemand ab. Wahrscheinlich war sie wirklich bei Opa Hosuke. Vorsichtshalber wollte ich mittags trotzdem einmal vorbeigehen. Nicht dass sie im Bad oder so zusammengeklappt war.

Als ich die Eingangstür öffnete, kamen die beiden Katzen heraus und miauten mir die Ohren voll. Ob Ginko sie noch nie über Nacht alleine gelassen hatte? Im Fressnapf türmte sich Katzenfutter, hier und da lag auch welches auf dem Boden herum.

Die blauen Schuhe, die Ginko immer anzog, standen nicht im Eingang. Trotzdem lief ich durch alle Zimmer und rief ihren Namen.

Am Abend des 3. Januar sahen wir uns zum ersten Mal im neuen Jahr.

»Ein gutes Neues Jahr!«, sagte Ginko und machte eine tiefe Verbeugung. Ich verbeugte mich ebenso tief. Unter ihrer Kittelschürze trug sie wieder das Schlabberkleid.

»Sieht gemütlich aus, bequem und warm.«

»Was? Das Kleid hier? Ist es auch!«

»Und mein Neujahrstaschengeld?«

Als ich meine Hand ausstreckte – versuchen kann man's ja mal –, kam darauf zu meiner Überraschung im nächsten Moment ein kleiner Umschlag zu liegen. Den Umschlag zierte ein Fahrrad fahrendes Miffy.

»Wow! Ist das für mich?«

»Ja, das ist für dich. Du warst mir im letzten Jahr eine große Hilfe.«

»Danke! Ich hätte nicht gedacht, dass ich etwas bekommen würde.«

Sobald Ginko aufstand, um Tee aufzusetzen, warf ich einen Blick in den Umschlag. Er enthielt nur tausend Yen.

Ich sagte ihr nicht, dass ich angerufen hatte und vorbeigekommen war. Dass sie von sich aus nicht erzählte, wie sie Silvester verbracht hatte, hieß wahrscheinlich, dass sie es für sich behalten wollte.

Am ersten Arbeitstag im neuen Jahr wurde ich zum Chef gerufen.

Auf dem Schreibtisch meines leicht ergrauten Chefs stand einer von den billigen *kagami-mochi*, den geschmückten Neujahrsreiskuchen, die man in jedem Supermarkt kaufen konnte, und den ich zuerst einmal mit einem *der ist aber süß!* würdigte. Nach dem üblichen Geplänkel – wie man die Neujahrsfeiertage verbracht habe und so weiter – machte der Chef eine kleine Pause. Dann senkte er aus irgendwelchen Gründen die Stimme und fragte, ob ich nicht fest angestellt werden wollte.

»Was? Ich??«

»Ja, genau. Es stehen ein paar personelle Veränderungen an, und Sie scheinen Ihre Arbeit gewissenhaft zu erledigen.«

»Eine Festanstellung?«

»Ja, denken Sie darüber nach. Im Wohnheim ist wohl auch etwas frei, wenn Sie wollen, können Sie da einziehen.«

Ich denke darüber nach, erwiderte ich und dachte: *Jetzt ist guter Rat teuer.* War es schon an der Zeit, sesshaft zu werden?

Seit April hatte ich hier und da ein bisschen verdient, aber gespart hatte ich nicht mehr als 300.000 Yen. Ich war nun schon fast ein ganzes Jahr in Tokyo, aber von der angepeilten Million war ich noch Lichtjahre entfernt.

Ob eine Festanstellung mehr Geld brächte? Nicht, dass ich auf irgendetwas Bestimmtes sparte, das einzige reale Ziel, das ich hatte, war die Zahl 1.000.000 auf meinem Sparkonto.

Als ich anfing, ernsthaft darüber nachzudenken, bei Ginko auszuziehen, fühlte ich mich ihr gegenüber zunehmend schlecht. War das Mitleid? *Jetzt, wo wir endlich zusammengefunden haben, kann ich doch nicht einfach gehen*, schoss es mir sogar durch den Kopf.

»Wie ist denn so das Wohnheim?« fragte ich meine Kollegin Ando mittags beim Essen. Da wir keine Kantine hatten, aßen wir das, was wir uns im 24-Stunden-Laden gekauft hatten, im Raucherraum auf dem Dach. Wenn das Wetter schön war, verließen wir das Kabuff auch schon mal, gingen aber, weil es zu kalt war, sofort wieder rein.

»Das Wohnheim? Liegt an derselben Linie, man muss nicht umsteigen. Das ist wirklich praktisch. Du kommst doch jetzt von Chofu, oder?«

»Praktisch, hmhm …?«

»Na klar. Und billig. Und nicht so abgewrackt.«

»Billig und nicht so abgewrackt, hmhm …«

»Wieso? Gibt's was Neues?«

»Ähm, naja …«

»Hey! Kriegst du vielleicht ne Festanstellung? Ja, du kriegst ne Festanstellung! Ende des Monats hören ja auch zwei auf. Das ist doch super!«

»Ah ja? Ist das wirklich so super … ne Festanstellung?«

»Was für ne Frage! Na klar ist das super! Denk doch

mal an Versicherung und so. Wenn du krank wirst, hast du sonst ein Riesenproblem.«

»Inwiefern?«

Ando-san, die ihre Spaghetti aufgegessen hatte und gerade dabei war, ihre Plastikschalen wegzuräumen, hielt inne und sah mich ungläubig an. An ihren Lippen hing noch ein Rest orangefarbener Sauce.

»Wenn du ohne Versicherung zum Arzt gehst, musst du jede Behandlung selbst bezahlen, und die sind schweineteuer!«

»Ist das alles?«

Mit dem Feuchttuch, das ich im Convenience Store bekommen hatte, tupfte ich mir die Mundwinkel ab.

»Keine Ahnung, aber bestimmt gibt's noch mehr Vergünstigungen.«

»Kann man bei einer Festanstellung gut sparen?«

»Naja, unsere Firma steht nicht *so* gut da, zu viel brauchst du dir da nicht zu erhoffen, aber wenn man im Wohnheim wohnt, kann man schon was zurücklegen.«

Würde nun auch ich ganz offiziell das werden, was man eine reguläre Bürokraft nannte? Eine *Office Lady*, ein anständiges Mitglied der Gesellschaft, das jeden Monat seine Steuern, seine Versicherungen, seine Rentenbeiträge bezahlte?

»Aber Office Lady …?«

»Ist nix für dich?«, fragte Ando-san, während sie neben mir ihre Zigarette paffte.

Als die ersten Kaufhausbanner mit der Aufschrift *Valentinstag* auftauchten, sagte Ginko plötzlich, dass sie Schokolade kaufen gehen wolle.

»Was? Für Opa Hosuke?«

»Genau.«

»Hmhm, Schoki für den Opa? Naja, warum nicht.«

»Kannst du mitkommen? Ich bin zu alt, ich weiß nicht, was man da am besten nimmt …«

»Pfff, ich auch nicht.«

»Aber mit dem guten Geschmack von jungen Leuten kann man nicht falsch liegen.«

»Ich glaube, dass ältere Leute viel besser einschätzen können, was anderen älteren Leuten gefällt.«

Am folgenden Sonntag fuhren wir nach Shinjuku in ein Kaufhaus.

Ginko trug ein fliederfarbenes Kostüm und cremefarbene Pumps. Ihr weißes Haar hatte sie zu einem Knoten aufgesteckt. Eine kleine, niedliche Oma.

Als die Bahn in Sasazuka hielt, schaute ich zu Boden. Man konnte sagen, was man wollte, in der Lage, erhobenen Hauptes den Bahnsteig zu sichten, war ich nicht. Den Blicken von Fujita oder Ito-chan wollte ich nicht begegnen. Wie lange hatte ich die eigentlich schon nicht mehr gesehen? Ob die überhaupt noch wussten, wie ich aussah?

Als wir in Sasazuka losfuhren und die Bahn unterirdisch wurde, sah ich endlich wieder auf. Im Fenster gegenüber spiegelten sich Ginkos und mein Gesicht. Die elegant zurechtgemachte Ginko hatte ihre Augen geschlossen und schlief. Im dem Alter ein Schokoladenpräsent – großartig. Bei einem plötzlichen Ruckeln der Bahn schreckte Ginko kurz auf, machte dann die Augen aber wieder zu. *Bist du müde?* fragte ich, doch sie antwortete nicht.

Ob ich auch so würde, wenn ich alt war? Mich mit siebzig noch um mein Aussehen kümmern, mein eigenes kleines Häuschen haben, Schokolade zum Valentinstag kaufen gehen – ob mein Leben auch so aussehen könnte?

Im Dachgeschoss des Kaufhauses hatte man einen SCHOKOLADENMARKT eingerichtet; er war voller Frauen. Wir waren gerade aus dem Aufzug getreten, als Ginko stehen blieb.

»Da wird man ja zerquetscht.«

»Ach komm, jetzt lass uns gucken, wo wir schon mal da sind.«

»Geh du, ich bleib hier und warte.«

»Was? Wieso?«

»Das ist nichts für Omas.«

Ginko ging zu dem Schokoladen-Grabbeltisch direkt neben dem Aufzug. Da war, warum auch immer, nur wenig los. Ich stürzte mich ins Getümmel.

Nachdem ich mich überall durchprobiert hatte und dabei war, mich so schnell wie möglich wieder zu Ginko durchzuarbeiten, sah ich sie auf einem Stuhl neben dem Aufzug sitzen. Der Gedanke, dass die Alten sich auf ihre Art immer irgendwo ein eigenes Plätzchen sicherten, ließ mich aufatmen. »Gut gemacht«, sagte sie, als ich sie ansprach, und tätschelte mir den Arm. Dass Ginkos Hand, die bis jetzt alles alleine gemeistert hatte, keine Spur von Härte oder Schwere spüren ließ, fand ich erstaunlich.

Ich führte Ginko in ein Geschäft in der Nähe des Eingangs, das ich mir vorher schon ausgeguckt hatte. »Und die hier? Die soll vom k.u.k. Hoflieferanten aus Wien sein. Das wär doch was!« »Die da ist gut. Die nehmen wir. Katzen sind auch drauf …«

In diesem Laden war Ginko schnell entschieden. Sie zeigte auf eine Schachtel mit aquamarinblauen Katzen, die ein Sortiment feiner Schokoladentäfelchen enthielt. Als Ginko der Verkäuferin Geld geben wollte, fasste ich sie am Ärmel und zog sie zur Kasse. Vor uns stand eine lange Schlange von Frauen mit kleinen Päckchen. Bis wir an der Reihe waren, standen wir stumm hintereinander an. Ich hatte bereits beschlossen, auszuziehen.

Ich schaute auf Ginkos Dutt hinab. *So langsam muss ich es ihr sagen*, dachte ich, und suchte nach einer passenden Einleitung.

»Ginko …«

Sie war dabei, Möhren zu hacken. Auf dem Tisch lag eine offene aquamarinblaue Schachtel, die sie zusätzlich zu der für Opa Hosuke gekauft hatte. Ich stützte mein Kinn in die Hände, knabberte Schokolade und betrachtete sie von hinten. Diese Kittelschürze würde ich gerne einmal anziehen. Ein Foto machen und es mir in fünfzig Jahren noch einmal anschauen.

»Ginko …«

»Was denn?«

»Ich … zieh aus.«

»Wann denn?«

»Nächste Woche. Man hat mir gesagt, im Firmenwohnheim wär was frei.«

»Das ist aber plötzlich. Und du sagst das so, als ob es dich nichts anginge.«

Ginko wischte sich die Hände an der Schürze ab, drehte sich um und lachte.

»Es tut mir leid.«

»Na hör mal! Dafür musst du dich doch nicht entschuldigen.«

»Schon, aber …«

»Alleine zu wohnen ist eine gute Sache«, sagte Ginko, während sie die Möhren in einem Tontopf sorgfältig nebeneinander legte. »Man muss ausziehen, solange man jung ist.«

Ich hörte schweigend zu.

»Wenn man jung ist …«

Die Türglocke läutete. Opa Hosuke kam auch heute. Empfangen musste man ihn nicht, er kam einfach herein.

»… lernt man, was Mühsal heißt.«

Ich hätte sie gerne gefragt, wann und wie diese Mühsal auf einen zukäme. Gerne erfahren, wie man sich allein am besten dagegen wappnete.

Opa Hosuke tauchte in der Küche auf, sagte *Hallo* und verbeugte sich. Ginko half ihm aus seinem Mantel, klopfte den Mantel ab und hängte ihn auf einen Bügel. Selbst dieser Momente, in denen ich ein bisschen ausgeschlossen war, würde ich nicht mehr Zeuge.

Eigentlich müsste ich gar nicht ausziehen, dachte ich. Ich hatte sogar das Gefühl, gar nicht ausziehen zu wollen. Aber wenn ich jetzt den Wunsch, mich auf meine eigenen Füße zu stellen, ignorierte, würde ich wahrscheinlich bis in alle Ewigkeiten hier bleiben und mein Leben beschließen, ohne jemals etwas Anderes gesehen zu haben.

Am Tag vor meinem Auszug, mein Geburtstag war auch nicht mehr weit, machte Ginko *chirashi-zushi*. Ich half, indem ich dem Reis, während sie den Essig unterrührte, von der Seite mit einem Fächer Luft zuführte.

»Schließlich schreibt sich das *zu* in deinem Namen, Chizu-chan, genauso wie das *zu* in *chirashi-zushi*.«

»Weißt du eigentlich, was mein Name bedeutet?«

»Nein, was denn?«

»Glück aus eigenem Erkennen. Glück aus Weisheit.«

»Ein guter Name.«

»Von Weisheit kann bei mir allerdings keine Rede sein.«

»Findest du?«

»Ja, total ... Obwohl ... eins habe ich hier gelernt: wenn man einen Topfdeckel umgekehrt auf den Topf legt, kann man oben noch einen Topf draufstellen.«

»Ah, das ist gut.«

»Und dass Menschen sich verändern. Auch da, wo man nicht will, dass sie sich verändern. Und dass sie sich umgekehrt da, wo man will, dass sie sich verändern, nicht verändern. Ich wünschte, ich hätte die Weisheit, das zu ändern.«

»Das ist leider unmöglich.«

Sie stoppte mit der Hand den Fächer, sagte: *das genügt,* und machte sich daran, die Eierstreifen und die Fischpaste vorzubereiten.

Zum Nachtisch häufte sie mir auf einen Kuchenteller ungefähr drei Tüten meiner geliebten Geleebonbons. Der Gedanke, dass dies unser letztes gemeinsames Abendessen war, stimmte mich ein bisschen traurig. Um dieses Gefühl zu verdrängen, mampfte ich ein Geleebonbon nach dem nächsten.

Nach dem Abendessen lud ich Ginko zu einem Spaziergang ein, sie kam mit. Zu zweit gingen wir den Weg bis zum Supermarkt auf der anderen Seite des Bahnhofs.

»Ich hasse den Winter. Die Kälte. Wenn's so kalt ist, fällt es einem noch schwerer, nett zu sein ...«

»Du bist doch nett.«

»Ich bin alles andere als nett. Ich bin grundverdorben.«

»Willst du mit zum Takao-san, mit Opa Hosuke? Soba essen? Onahama haben wir verschoben.«

»Verschoben? Stattdessen zum Takao ...? Hm ...«

»Wenn du Lust hast ...«

»Aber doch nicht zu zweit? Du kommst doch auch mit, oder?«

»Ja natürlich, ich auch!«

»Naja, warum nicht. Im Herbst war ich zwar schon da, aber was soll's. Sag Bescheid.«

»Gut, gut.«

Ob sie mir wirklich Bescheid sagen würde? Wie würden wir überhaupt in Kontakt bleiben, wenn ich ausgezogen war? Das Wohnheim lag an der Tobu-Toju-Linie, an der Station Mizuhodai. Von hier aus müsste man zweimal umsteigen. So ausgehfaul, wie Ginko war, würde sie mich sicher nicht besuchen kommen.

Ohne besonderes Ziel schlenderten wir durch den grell erleuchteten Supermarkt. Beim Durchforsten meiner Hosentaschen stieß ich auf den kleinen Miffy-Umschlag. Da Ginko ihr Portemonnaie nicht dabeihatte, zog ich ihn großspurig heraus und schlug vor, mit diesen tausend Yen so viele schöne Sachen wie möglich zu kaufen. Genüsslich durchstreiften wir die Regalreihen. Legten etwas in den Korb, nahmen es wieder heraus, legten etwas anderes hinein, nahmen es wieder heraus und so weiter.

Vor den Bananen in der Obstabteilung blieb Ginko gedankenverloren stehen.

In welchen geistigen Bahnen sie wohl dachte? Und was? Noch wussten wir nur verschwindend wenig voneinander. Ich hatte ihre dunklen Seiten noch nicht ergründet, und sie ahnte wohl auch nicht, dass ich noch viel gemeiner sein konnte. War mein Umgang mit ihr so gewesen, wie er hatte sein sollen? Ich wusste es nicht. Vielleicht hätte ich noch mehr auf sie zugehen müssen? Wenn mir nicht jemand sagte, ob etwas gut oder nicht gut war, fühlte ich mich ewig unsicher.

Als ich so darüber nachdachte, bekam ich das Gefühl, ich könnte mir bei ihr alles von der Seele reden. Meine Boshaftigkeit, die Leere, die Unsicherheit, dass ich das ganze Jahr über Sachen gemopst hatte, an denen sie womöglich hing, einfach alles. Ich wollte sie fragen, wie *sie* darüber dachte.

»Erdbeeren möchte ich essen«, sagte Ginko leise.

»Was?«

»Ja, Erdbeeren, keine Bananen.«

Schnurstracks marschierte sie zum Erdbeerstand am Eingang. Ich sah, wie sie die erstbeste Packung nahm und in den Korb legte.

Zu Hause setzten wir uns auf die Veranda und aßen Erdbeeren, mit Erdnusscreme gefüllte Brötchen, Yokan aus der Dose und tranken Sojamilch.

Da uns kalt war, hatten wir uns jeder eine Decke über den Kopf gezogen. Praktisch unbesetzte Bahnen fuhren mit dem üblichen ohrenbetäubenden Rattern ein und wieder aus. Obwohl wir uns mit jedem kalten Windstoß sagten, *lass uns reingehen*, blieben wir doch beide sitzen. Eigentlich hatte ich mich für das letzte Jahr bedanken wollen, fragte dann aber doch etwas ganz anderes: »Was machst'n du, wenn du mit den Cherokee-Bildern im Zimmer einmal rum bist? Eine zweite Etage? Auf die erste, würd ich sagen, passen nur noch ungefähr zehn.«

»So lange lebe ich nicht mehr.«

Stimmt, dachte ich, *so viele Jahre hat sie wahrscheinlich nicht mehr.* Und in meinem Alter konnte ich ihr nicht leichthin sagen, *ach was, du lebst noch ewig.*

»Was machst du mit dem Haus, wenn du stirbst?«

»Wenn du's haben willst, schenk ich's dir.«

»Was? Hast du keine Verwandten? Oder Geschwister?«

»Doch, aber denen gebe ich's nicht. Die wohnen alle zu weit weg.«

»Gut, dann nehm ich's. Und den Garten mache ich zu einem *Geheimen Garten*.«

»In den Sarg musst du mir die Katzenfotos nicht legen, aber wirf sie nicht weg, ja.«

Ich stellte mir Ginkos Totenbild in einer Reihe mit den Katzenfotos vor.

Ob auch sie irgendwann ihren Namen und ihre Persönlichkeit einbüßen und zu etwas bloß Totem würde? Würde niemand mehr von ihr erzählen, würden sich die kleinen Dinge ihres täglichen Lebens, was sie gegessen hatte, welche Kleidung sie getragen hatte, in Luft auflösen, als ob es sie nie gegeben hätte?

Ich hatte ihren Blick schon vorher auf meiner Wange gespürt, aber ich tat, als hätte ich nichts bemerkt, und warf weiter Erdbeerstiele in den Garten. Ginko murmelte, *brr, kalt,* und zog sich die Decke fester um den Körper.

Als wir nichts mehr zu essen und zu erzählen hatten, sagte ich, *na, dann heiz ich mal das Bad an,* und stand auf. Dabei kamen mir einen Moment lang Ginkos Augen in den Blick. Sie schimmerten feucht, vielleicht der Kälte wegen.

Ein Abschied, von dem man weiß, dass er kommt, ist immer schlimmer als einer aus heiterem Himmel.

»Fang bloß nicht an zu weinen«, sagte ich und lief ins Bad.

An dem Abend öffnete ich in meinem voller Kartons stehenden Zimmer die Schuhschachteln.

In letzter Zeit boten mir die Sachen aus den Schachteln keinen Trost mehr. Sie versetzten mich nur in die Vergangenheit, wo ich, ganz für mich allein, meinen bitteren oder süßen Erinnerungen nachhing. Trotzdem konnte ich die Schachteln nicht wegwerfen. Dafür war ich zu lange von ihnen abhängig gewesen. Als ich sie hochhob und schüttelte, rumpelte der Kleinkram darin.

Ich griff mir die russische Puppe, die kleine mit grünem Samt bezogene Box und den Clown mit dem abgerissenen Kopf und ging in Ginkos Zimmer. Es war das dritte Mal, dass ich mich dort hineinschlich, während sie schlief. So ungefähr wusste ich, wo die Schiebetür quietschte und wo die Tatami knarrten. Ich hielt den Atem an und stellte die Sachen, die ich in der Hand hatte, eine nach der anderen an ihren ursprünglichen Platz.

Dann setzte ich mich an Ginkos Kopfende. Es wäre schön, wenn diese kleine Oma für den Rest ihrer Tage von Trauer und Leere verschont bliebe, aber das war wohl zu viel verlangt. Trauer und Leere kann man nicht aufbrauchen, auch wenn man das vielleicht glaubt. Sie kehren immer wieder.

»Geh schlafen.«

Erschrocken schrie ich auf. »Du bist wach?«

»Ja.«

»Seit wann?«

»Die ganze Zeit.«

»…«

»Als du die Puppe da holen gekommen bist, ist jetzt schon lange her, war ich auch wach. Alte Leute schlafen nicht so fest«, sagte sie, ohne die Augen aufzumachen.

»Wusst ich's doch! Hatte mir schon gedacht, dass du nicht schläfst. Ich hab alles wieder zurückgestellt.«

»Du hältst alte Leute wohl für doof.«

»Ich *hielt* sie für doof.«

»Bist du doof.«

»Ja …«

»Du hättest sie gar nicht nehmen brauchen, ich hätte sie dir auch so gegeben.«

Aber ich will sie gar nicht, sagte ich, worauf Ginko die Augen öffnete und auflachte.

»Ginko …?«

»Ja-a …?«

»Meinst du, ich kriege das hin, so wie ich bin?«

Ginko antwortete nicht. Ruhig strich ihr Blick über mein Gesicht, meine Schultern, meine Brust und meine Beine. Es war, als striche sie mich mit einem Pinsel pastell.

Ich stellte dieselbe Frage noch einmal.

»Hm, ich weiß es nicht.«

Sie lächelte leise und drehte sich auf die andere Seite.

»Ginko. Das Leben da draußen ist hart. Ich geh bestimmt sofort unter.«

»Es gibt kein Leben da draußen oder hier drinnen. Es gibt nur das Leben«, sagte Ginko bestimmt. Mir war gar nicht bewusst gewesen, dass sie so bestimmt sein konnte. Je länger ich diesen Satz drehte und wendete, desto unwissender und verletzlicher fühlte ich mich.

»Du-u? Stellst du von mir auch ein Foto auf, wenn ich weg bin?«

»Du bist doch keine Katze.«

»Stell eins auf.«

»Das geht nicht, du lebst noch.«

»Aber wenn du keins aufstellst, vergisst du mich, oder?«

»Die Erinnerung lebt nicht in Fotos«, sagte Ginko und zog sich die Decke halb übers Gesicht.

Ohne mich noch einmal zu vergewissern, ob sie schon eingeschlafen oder noch wach war, ging ich zurück in mein Zimmer. Ich setzte mich auf meinen Stuhl und betrachtete eine Weile den Inhalt meiner Schuhschachteln. Als ich das Gefühl hatte, es reiche, rückte ich den Stuhl an die Wand und stellte mich darauf. Die Schachteln in der rechten Hand, immer eine, legte ich mit der linken die Sachen einzeln hinter die Cherokees. Die Turnkappe, das Haargummi mit der Blume, den Rotstift, das Haar, die Zigaretten, die *Jintan*-Pastillen, alles.

Die leeren Schuhschachteln machte ich platt, faltete sie zusammen, band eine Schnur darum und legte sie auf das Altpapier in der Küche. Als ich so, an die Spüle gelehnt, durch die dunkle Küche in das angrenzende Wohnzimmer sah, kam mir mein Auszug genauso unwirklich vor wie damals mein Einzug.

Ich nahm den Pflaumenwein aus dem Stauraum unter dem Fußboden, genehmigte mir drei Gläschen und ging ins Bett. Kurz bevor ich wegdriftete, klapperte das Fenster, und ich hörte, wie ein Zug einfuhr.

Vor dem Frühling

Immer wenn ich aus der Tür trete, habe ich das Gefühl, etwas vergessen zu haben. *Ich geh dann mal* und *Ich bin wieder da* sage ich auch nicht. Natürlich nicht, als ich noch bei Ginko wohnte, habe ich es schließlich auch nicht gesagt.

Erst jetzt, wo ich wirklich alleine wohne, sind mir diese Floskeln bewusst geworden. Wenn ich morgens aufstehe, trinke ich zuerst das kalte Wasser aus dem Kessel. Wasche mir das Gesicht und toaste Brot. Ich ziehe mich an, schminke mich, gehe zur Arbeit, arbeite. Jeden Tag dasselbe. Wenn ich in der Küche das Geschirr spüle, fällt mein Blick manchmal auf die vier Miffys auf meinen Pantoffeln. Die schauen mich an. Das, was von den Beilagen übrigbleibt, decke ich nicht mit Frischhaltefolie ab, sondern mit einem Teller, und meine Brühe aus getrockneten Sardellen schmeckt nicht, sooft ich sie auch koche.

Wenn mich abends die Einsamkeit überkommt und ich nicht mehr weiß, was ich dagegen tun soll, versuche ich, Ginko einen Brief zu schreiben. Aber über »Liebe Ginko« komme ich nie hinaus. Es wollen mir einfach nicht die richtigen Worte einfallen. Wenn ich dann Schwarzweiß und Braun in die Ecken male, vergesse ich die Einsamkeit für eine Weile.

Im Zimmer nebenan wohnt ein Mädchen, das genau so alt ist wie ich. Mit ihr gehe ich mittwochs nach der Arbeit oft ins Kino. Obwohl sie in einer anderen Abteilung arbeitet, haben wir uns über das gegenseitige Ausleihen des Putzlappens beim morgendlichen Saubermachen angefreundet. Mittags esse ich zusammen mit Ando-san, und nach der Arbeit gehe ich ab und zu mit den Leuten aus meiner Abteilung einen trinken. Die Kollegen im Büro nennen mich »Mita-chan«.

Als ich vor dem Kopierer darauf wartete, an die Reihe zu kommen, sprach mich Sasaki-san vom Verkauf an.

»Hey Mita-chan, du trägst ja keine Brille mehr.«

»Nicht mehr, nein.«

»Dabei hat die dir gestanden.«

»Aber bald ist Frühling ...«

»Oh, aus dem Dornröschenschlaf erwacht ...?«

»Genau.«

So wechsele ich nach und nach die Menschen aus, die ich kenne. Und stürze mich versuchsweise in die unbekannte Masse. Ich bin weder optimistisch noch pessimistisch, sondern fülle nur irgendwie jeden neuen Tag, der beginnt, wenn ich morgens die Augen aufschlage.

Mitte Februar lässt die bittere Kälte manchmal etwas nach. An solchen Tagen fühle ich mich morgens schon gut. Ich springe unter die Dusche, rasiere mir die Achseln, trage eine duftende Creme auf und gehe zur Arbeit.

Ein bisschen verliebt habe ich mich auch.

Direkt nach meinem Umzug lud Ando-san mich zu einem Umtrunk mit den Leuten aus der Nachbarabteilung ein, da habe ich ihn kennengelernt. Er ist verheiratet. Das ist ein neues Muster für mich. Wenn es gut geht, wird es wohl das, was man ein Verhältnis nennt. Wir haben Telefonnummern getauscht und sind, beschwipst wie wir waren, händchenhaltend zum Bahnhof gelaufen. Für den kommenden Sonntag hat er mich zum Essen und anschließend auf die Pferderennbahn eingeladen. Vielleicht hat auch er Interesse, aber egal, wie viele Gedanken, Sorgen oder Hoffnungen ich mir mache, es kommt, wie es kommt.

So weit, dass ich, wie bei Fujita, den Blick nicht von ihm lassen kann oder die ganze Zeit mit ihm zusammen sein will, ist es noch nicht. So leidenschaftlich kann ich nicht mehr lieben, bilde ich mir ein, habe aber das Gefühl, dem, wenn ich mir Mühe gebe, ziemlich nahe kommen zu können.

Wenn ich bei der Arbeit zwischendurch aufsehe, sieht er von weitem zu mir herüber. *Konzentrier dich auf die Arbeit,* rufe ich mich zur Ordnung, aber gefallen tut es mir schon.

Auch wenn es keine Zukunft hat, auch wenn das Ende abzusehen ist – es steht mir frei, etwas anzufangen. Der Frühling naht, da ist ein bisschen Verantwortungslosigkeit wohl erlaubt.

Die Tojo-Linie Richtung Tokyo ist sonntags voll.

Ich werde wie verabredet mit meinem »Verheirateten«
auf die Pferderennbahn gehen.

Ich trage das Haar offen, habe mich sorgfältig geschminkt und fühle mich leicht, obwohl ich noch meinen
dicken Wintermantel anhabe. Ich steige in den ersten Wagen, drücke meine Nase an die Scheibe hinter dem Zug-
führer und sehe nach draußen.

Es geht geradeaus, die Gleise scheinen ins Unendliche
zu führen. An den Wohnblöcken, an denen wir vorbeifahren, hängen wie auf Verabredung überall die Futons über
die Balkongeländer. Am Rand eines Parks weiter vorn
kommen weißblühende Pflaumenbäume in Sicht.

Die Bahn fährt auf die Brücke über den Yanasegawa.
Die Kirschbäume, die das Ufer säumen, recken ihre braunen Äste in die Luft. In kaum einem Monat werden sie in
voller Blüte stehen, und ich werde sie wahrscheinlich von
einer überfüllten Bahn aus betrachten. Mit einer Uhr ums
Handgelenk, Pumps an den Füßen, einer schwarzen Tasche unter dem Arm.

Ich sehe einen Jungen, der einen braunen Hund dabei-
hat, schnurgerade über den grauen Beton laufen.

Wir haben uns um elf Uhr an der Sperre im Bahnhof
Fuchu verabredet.

In Ikebukuro steige ich in die Saikyo-, in Shinjuku in
die Keio-Linie um. Ich steige in den allerersten Wagen des
Bummelzugs.

Nach dem Auftauchen aus dem U-Bahn-Schacht dros-
selt die Bahn das Tempo und fährt in Sasazuka ein. Der

Bahnsteig, den ich so gut kenne, zieht an mir vorbei. Am Kiosk steht ein Pulk sonnengebräunter Mädchen mit geschulterten Tennistaschen; sie sind vielleicht auf dem Weg zu einem Spiel. Von den Bahnbeamten, die am Bahnsteig stehen, kennne ich niemanden; Fujita, Ito-chan oder Ichijo-san sind nicht zu sehen. Als die Türen aufgehen, steige ich kurz aus und lasse meinen Blick über den Bahnsteig schweifen. Der Kiosk in der Mitte des Bahnsteigs ist so weit weg, dass ich nicht sehen kann, wer dort arbeitet.

Die Bahn setzt sich wieder in Bewegung und fährt jetzt durch Gegenden, die mir gut bekannt sind. Ich klebe an der Tür des gähnend leeren Wagens; das kleine Mädchen, das gleich auf dem ersten Platz neben der Tür sitzt, mustert mich skeptisch.

Als der Bahnhof, an dem Ginkos Haus liegt, durchgesagt wird, drücke ich die Nase ans Fenster der Tür. Sobald der Zug langsamer wird, kommt jenseits des Bahnsteigs der hohe Duftblütenbaum in Sicht.

Das Häuschen steht noch so, wie es war.

Die Hecke davor ist immer noch nicht geschnitten; hier und da ragen einzelne Äste heraus. An der Leine hängen Kittelschürzen und Handtücher zum Trocknen. Das Fenster dahinter, das von hier aus nur halb zu sehen ist, liegt in der Sonne und blendet. Ich suche Ginko darin.

Das Bild, das sich mir von der Bahn aus bietet, ist so still und leblos wie eine Theaterkulisse. Wie das Leben darin riecht oder sich anfühlt, dazu habe ich keinen Bezug mehr. Plötzlich weiß ich nicht einmal mehr genau, wie lange es her ist, dass ich dort gewohnt habe. Wenn ich ausstiege und zum Garten hinüberriefe, käme meine Stimme, habe ich das Gefühl, erst nach Jahren dort an.

Das Abfahrtssignal ertönt, die Türen hinter mir schließen sich.

Die Bahn fährt los, aber ich bleibe weiter an der Tür, mein Gesicht an die Scheibe gepresst und beobachte, wie das Häuschen sich entfernt. Als ich auch die silbern glänzende Antenne auf dem Dach nicht mehr sehen kann, lehne ich mich mit dem Rücken an die Tür und schließe für eine Weile die Augen.

Die Bahn schaukelt heftig, das kleine Mädchen schreit auf, dann lacht es.

Ich sehe hin. Das Mädchen steht in Strümpfen auf dem Sitz und versucht, das Fenster aufzumachen. Eine Frau, dem Anschein nach die Mutter, hilft dem Kind sichtlich genervt und schimpft. Als das Fenster endlich aufgeht, drückt ein Windstoß den Pferdeschwanz des Mädchens zur Seite. Auch sein blauer Rock bläht sich.

Die Bahn fährt unvermindert schnell weiter. Zu einem Bahnhof, an dem jemand auf mich wartet.